KB012227

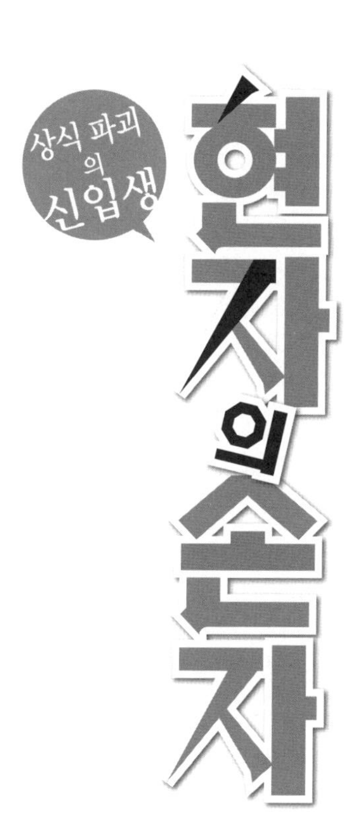

요시오카 츠요시 지음
키쿠치 세이지 일러스트
최승원 옮김

현자의 손자

Contents

서장

"아아~ 끝났다아~."

맞은편 자리에서 업무를 끝마친 선배의 목소리가 들렸다.

좋겠다. 난 전혀 끝날 낌새가 없는데.

"야, 넌 어때? 끝났으면 술이나 마시러 갈까?"

"전 한참 남았어요. 꽤 걸릴 것 같으니 먼저 가세요."

"그래? 그럼 나 먼저 갈게. 너도 적당히 하고 퇴근해."

"예~ 안녕히 가십쇼~."

선배는 먼저 퇴근했다.

도와준다는 말 좀 해주면 어디 덧나나…….

선배도 퇴근했으니 이 층에 남아 있는 건 나 혼자뿐이었다.

아무도 없는 회사의 분위기는 싫어하지 않지만 끝이 보이지 않는 업무가 남아 있다는 걸 떠올리고 바로 우울해졌다.

하긴 일찍 퇴근해봤자 날 기다리는 가족이나 여자친구가 있는 것도 아니지만. 녹화해둔 DVD를 보거나 아직 클리어 못 한 게임을 하는 정도다.

……말하고 나니까 갑자기 슬퍼졌다.

나는 내 인생에 약간 좌절하면서 일을 계속했다. 일이 끝난 건 오후 10시가 넘어서였다.

"하아…… 이제야 끝났네."

계속 컴퓨터 앞에 붙어 있느라 굳어버린 몸을 풀면서 의자에서 일어났다.

"이제 어떻게 할까."

가는 길에 뭐 좀 먹고 갈까. 아니면 뭔가 사 들고 가서 집에서 먹는 편이 나을까.

……참 처량한 고민이다.

나는 결국 결정하지 못하고 회사를 나왔다. 문득 하늘을 올려다보자 네온사인의 빛 때문에 거의 지워진 별 하늘이 보였다.

갑자기 이 지구라는 별에 내가 존재하고, 인간이 살아간다는 것 자체가 신기하게 느껴졌다.

왜 이런 생각이 든 걸까? 정말로 갑자기 든 생각이었다.

나는 이상한 기분에 젖으면서 그대로 역을 향해 걸어갔다.

"이봐! 위험해! 피해!"

갑자기 그런 목소리가 들렸다.

그리고—.

그 뒷일은 기억에 없었다.

◇

한 초로의 남자가 어떤 가도 위를 걷고 있었다.

나이는 환갑을 맞이하기 직전일까. 마법사가 입는 로브를 걸친 것으로 봐선 아마 마법사이리라. 그 남자는 하늘을 올려다보며 혼잣말을 흘렸다.

"한바탕 퍼부을 것 같군……."

남자는 당장에라도 비가 쏟아질 것 같은 하늘을 올려다보고 앞길을 서둘렀다.

그리고 머지않아 비가 내리기 시작했다.

"역시 내리는구만……. 그러고 보니 이 앞에 숲이 있었지? 나무 밑에서 잠시 비를 피해야겠군."

남자는 그렇게 말한 뒤 걸음을 서둘렀다.

그리고 마침내 숲에 도착했지만 눈 앞에 펼쳐진 광경을 보고 할 말을 잃었다.

"이건…… 마물에게 당한 건가."

남자가 발견한 것은 마물의 습격을 받은 마차의 잔해였다.

마차는 엉망으로 망가져 있었고 그 안에 타고 있었던 듯한 사람들의 유체가 여기저기에 **흩어져** 있었다.

"이런 끔찍한 짓을……."

보아하니 생존자는 없는 것 같았다. 처참한 현장이었다.

조금 전부터 내리기 시작한 보슬비가 현장의 비참함을 더더욱 강조했다.

"하다못해 장례라도 치러줘야겠구나."

남자는 그렇게 말한 후, 유체와 마차의 잔해를 모으기 시작했다. 마침 그때—.

"응애~."

아기의 울음소리가 들렸다.

"음, 아기의 울음소리?! 대체 어디냐!"

남자는 마차의 잔해를 치우면서 목소리가 들린 곳을 찾았다. 그리고 마차의 잔해가 겹겹이 포개어진 바로 밑에서 비에 젖은 채로 계속 우는 아기를 발견했다.

"오오…… 이럴 수가. 마물의 습격을 받았는데도 살아남다니…… 기적이로다."

아기를 안아 든 남자는 아기가 다친 것을 깨닫고 치유 주문으로 상처를 치료한 후, 깨끗한 천으로 몸을 감싸주었다. 그러자 아기는 울음을 그치고 잠들었다.

"참으로 강한 아이구나."

남자는 주위를 둘러보며 유체의 소지품을 찾기 시작했다. 신원을 확인하기 위해서였다. 하지만 아쉽게도 그런 물건은 보이지 않았다.

"이 아이를 키우라는 뜻인 게냐?"

남자는 비가 내리는 하늘을 올려다보며 그렇게 중얼거렸다.

"……이것도 하늘의 뜻이겠지."

남자는 뭔가를 결심한 표정으로 아기를 껴안고 도시가 아닌, 자신의 집으로 향했다.

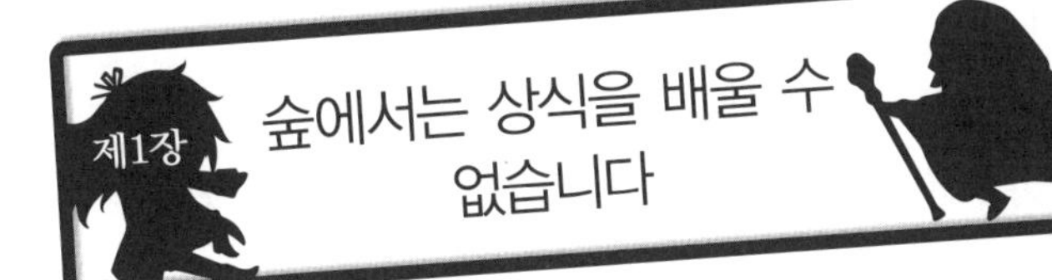

제1장 숲에서는 상식을 배울 수 없습니다

울창하게 우거진 깊은 숲속. 나는 거기서 숨을 죽인 채 사냥감이 방심하는 순간을 기다렸다.

조금 떨어진 곳에서 모이를 쪼던 새가 다시 날아오르려 한 순간, 손에 마력을 모아 바람의 칼날을 만들어서 새를 향해 날렸다.

무방비한 상태로 공격에 노출된 새는 그대로 목이 날아갔다.

"좋았어!"

내 이름은 신 월포드. 이 깊은 숲속에서 할아버지와 단둘이 살고 있는 소년이다.

할아버지는 내가 한 살쯤이었을 때, 뭔가의 습격을 받은 마차의 유일한 생존자였던 나를 거둬준 생명의 은인이다.

그리고 난 할아버지의 손자로 자라며 『신 월포드』라는 이름을 받게 되었다.

올해로 여덟 살이다.

여덟 살짜리의 말투가 아니라고?

그야 어쩔 수 없다. 왜냐하면…… 나에겐 지구의 일본에서 완전히 다른 사람으로 살았던 전생의 기억이 남아있기 때문이다.

마차 사고의 충격 때문인지 그날 전생의 기억을 떠올린 나는 겨우 한 살 남짓한 나이에 자아를 확립하고 말았다.

그래서 할아버지는 비밀로 하고 있지만 내가 친손자가 아니라는 사실도 알고 있었다.

그때는 전생에 언제 죽었는지 기억이 나지 않는 데다 몸이 갓난아기가 된 사실에 충격을 받았지만, 그 고민은 금세 어디론가 날아갔다.

왜냐하면 할아버지가 마법을 쓰는 모습을 봤기 때문이다.

지구가 아니라 마법이 존재하는 다른 세상에 환생했다는 사실을 알고 엄청나게 흥분했다.

그래서 말문이 트이자마자 할아버지에게 적극적으로 마법을 배우기 시작했다.

할아버지의 이름은 『멀린 월포드』라고 한다. 마법에 상당히 조예가 깊은 모양이라 내가 궁금해하는 모든 걸 가르쳐 주었다.

방금 새를 잡을 때 쓴 바람의 칼날도 마법이다.

이 세상의 마법은 주문을 영창할 필요가 없는 데다 마법명을 외칠 필요도 없었다.

이미지만 확실히 머릿속에 떠올리고 있으면 발동할 수 있었다.

솔직히 이 점은 고마웠다. 정신연령으로 따지면 스무 살을

넘은 성인이 마법 주문을 영창하다니…… 그건 흑역사를 파헤치는 듯한 괴로운 일이니까.

다만, 그쪽이 쓰기 편해서 주류로 통한다는 모양이다.

어째 한 번 보고 싶기도 하고, 보기 싫기도 한 미묘한 기분…….

참고로 할아버지는 무영창파였다.

나는 마법으로 잡은 사냥감의 피를 제거한 후, 할아버지에게 배운 마법으로 이공간을 열어서 그 안에 사냥감을 수납하고 집으로 돌아왔다.

"다녀왔습니다."

"오오, 어서 오너라."

"어서 오렴, 신. 사냥 갔다 온 거니?"

"호오, 오늘은 뭘 잡은 거냐."

집에는 할아버지 외에 멜리다 할머니와 미셸 아저씨가 손님으로 와 있었다.

이 집에는 할아버지를 찾아서 종종 다양한 사람들이 찾아온다. 이 두 사람도 그런 경우였다.

할머니의 풀 네임은 『멜리다 보웬』. 할아버지의 오랜 지인이라고 했다.

마도구 제작의 일인자로서 난 마법은 주로 할아버지에게, 마도구 제작은 할머니에게 배웠다.

나이치고는 굉장히 스타일이 좋은 데다 안경까지 쓴 쿨하고 이지적인 외모의 할머니다.

성격도 평소에는 그 외모처럼 쿨하고 이지적이지만……

나는 자주 혼이 나곤 했다.

마치 친손자처럼…….

참고로 난 과거에 할아버지와 멜리다 할머니 사이에 뭔가 있었을 거라 추측하고 있다. 어디까지나 개인적인 추측에 불과했지만…….

그리고 『미셸 콜링』 씨는 나에게 무술을 가르쳐주는 아저씨다.

"음~ 새 몇 마리랑, 그리고 멧돼지도 잡았어."

"멧돼지?!"

그러자 멜리다 할머니가 큰 목소리로 나에게 화를 냈다.

"신! 왜 그런 위험한 짓을 한 거니!"

"어? 안 위험한데? 요전에 만든 마도구를 썼는걸."

"그래도 그렇지! 멧돼지를 사냥하는 여덟 살짜리가 세상 천지에 어디 있어!"

"여기?"

"요 녀석이!"

할머니에겐 혼이 났지만 실제로 위험하지는 않았다. 할머니에게 배워서 만든 내 오리지널 마도구들 덕분이다.

마도구는 이미지한 마법을 『글자로 적어 넣어서』 부여한 물건이다.

적어 넣을 수 있는 양에 한계가 있다 보니 글자 수에 따라 가치도 천차만별이다.

이 세계의 글자는 알파벳 같은 형태라 길게 조합해서 뜻을 이룬다.

그래서 나는 한자로 쓰면 어떨까 싶어 한 번 시험해봤다.

결과는 대성공! 바로 다양한 전용 마도구를 만들어봤다.

『공기 압축』을 부여한 원거리 공격용 『라이플』.

『초음파 진동』을 부여한 근접 전투용 『바이브레이션 소드』.

『대인(對刃)』 『대(對)마법』 『대(對)충격』을 부여한 방어복 『프로텍트 슈트』.

『공기 분사』를 부여한 이동 보조용 『제트 부츠』.

밖에 나갈 때는 늘 이런 마도구들을 휴대하고 다녔다.

일단 라이플이라고 부르기는 하지만 실제로 그렇게까지 대단한 건 아니고 쇠파이프에 나무로 개머리판을 단 화승총 같은 모습이다. 라이플링을 파지 않아서 명중력은 미묘해도 연약한 어린애가 커다란 사냥감을 잡기에는 충분한 무기였다.

바이브레이션 소드는 내 자신작이다.

초음파로 진동하는 칼날이 뭐든지 쓱싹 베어버릴 수 있다.

어린애의 완력으로도 간편하게 휘두를 수 있는 가벼운 무기를 목표로 개발했다.

프로텍트 슈트는 평범한 옷에 다양한 내성을 부여한 것뿐이다.

제트 부츠는 발뒤꿈치 부분에서 공기를 분사하여 빠르게 이동하도록 보조해주는 물건이다. 이제는 공중에서 방향을 전환하는 것도 가능했다.

하지만 제대로 쓰려면 꽤 오랜 훈련이 필요한 물건이라, 처음 만들었던 당시에는 엉뚱한 방향으로 날아가서 모두의 한심스러워하는 시선을 받고 말았었다.

"정말 넌 잠시만 눈을 떼면 터무니없는 짓을 벌이는 애로구나!"

"어? 그런가?"

"하하, 기운이 넘쳐서 보기 좋지 않습니까. 멜리다 님."

"너무 지나친 게 문제야!"

"그것보다 멧돼지를 잡았다고 했나."

할머니에게서 날 변호해주던 미셸 아저씨가 뭔가 생각에 잠겼다.

이건…… 왠지 불길한 예감이 들었다.

"음, 다음부터는 좀 더 엄격하게 가르쳐볼까."

"역시나!"

최악이다!

마법 수련이나 마도구 제작은 즐거워서 좋아하지만 무술 수련은 너무 혹독해서 싫었다.

"하하! 그래, 너도 원하고 있었던 건가. 그럼 다음부터는

봐주지 않으마."

"내가 언제!"

미셸 아저씨는 좋은 사람이지만…… 모든 일을 근육으로 해결하려는 버릇이 있는 게 문제랄까…….

나는 다음날부터 한층 더 혹독해진 무술 수련 때문에 완전히 녹초가 되고 말았다.

◇

미셸 아저씨의 무술 수련이 한층 더 혹독해진 지 2년이 지나고 나는 열 살이 되었다.

열 살의 나는 이 세계에서는 보기 드문 편은 아닌 검은 머리카락과 검은 눈동자, 그리고 동양풍은 아니지만 이목구비가 지나치게 뚜렷하지는 않은 얼굴로 성장했다.

개인적으로는 나쁘지 않은 외모라고 생각하는데 지금까지 비슷한 또래를 만난 적이 없으니 미의 기준은 잘 모르겠다.

그렇다고 해서 여자 같은 미소년은 아니었다.

그렇게 어느 정도 성장한 나는, 오늘 할아버지와 함께 숲에 와 있었다.

목적은……『마물 사냥』.

지금까지 내가 사냥한 건 일상의 양분이 되는『동물』들이었다.

그리고 충만한 마력이 생명 활동에도 영향을 주는 이 세계에선 모든 동물이 마력의 은혜를 받는 게 가능했다.

하지만 그 마력의 제어에 실패하면…… 흉포해지고 주위에 무차별적으로 공격을 감행하는 마물이 되고 만다.

그리고 그건…… 인간도 마찬가지였다.

다행히 인간은 자신의 의지로 마력을 제어하는 기술을 체득하고 있기에, 어지간해서는 마물이 될 일이 없는 모양이지만…… 과거에 딱 한 번 마물로 변한 사례가 있었다고 한다.

자아를 잃은 채 마법을 무차별적으로 난사해대서 여러 도시와 마을은 물론이고 한 나라까지 멸망시킬 뻔한 대참사.

그때 마물이 된 인간, 일반적으로 『마인』이라 불리는 존재를 쓰러트린 게 바로 우리 할아버지라고 한다.

할아버지가 자신의 옛 무용담이라며 들려준 이야기였다.

따라서 아직도 그 나라에서는 할아버지를 영웅시하고 있다는 모양이었다.

"허허, 그럼 마물 사냥을 시작해볼까?"

"응!"

이제 막 열 살이 된 참이지만 평소의 사냥과 미셸 아저씨와의 수련의 성과로 이젠 문제없다는 판정을 받은 나는, 오늘 마물 사냥의 데뷔전을 치르게 됐다.

하지만 한 가지 궁금한 점이 있었다.

"저기, 할아버지. 마물은 어떻게 찾아서 사냥하는 거야?"

"허허, 그럼 마물을 찾는 법부터 가르쳐주마."

할아버지는 그렇게 말하며 마물을 찾는 법을 가르쳐주었다.

"먼저 마력을 주위에 엷게 퍼트려 봐라."

"응."

"그 퍼트린 마력에 마력을 가진 존재가 닿으면 느낄 수 있을 게다."

"오오~."

"생물은 모두 마력을 지니고 있으니 어디에 있는지 바로 파악할 수 있는 게다. 이걸 『색적 마법』이라고 하지."

이거 참 편리한 마법이다.

"……이런 건 좀 더 빨리 가르쳐주지."

"허허, 그것도 다 훈련이니라. 어느 정도 마력을 제어할 수 있어야만 쓸 수 있는 마법이니까."

할아버지에게 약간 토라진 듯이 말해봤지만 뭐, 무슨 뜻인지는 대충 알겠으니 더는 언급하지 않고 배운 마법을 시도해 봤다.

"……어렴풋이 예상은 했다만 한 번에 성공하는 게냐."

할아버지가 뭔가 중얼거렸지만 나는 숲속의 동물들이 가진 마력을 느끼느라 신경 쓸 여력이 없었다.

그리고—.

"앗?!"

"허, 발견한 게냐?"

숲속에 점점이 존재하는 마력 중에 가장 큰 마력을 포착했다.

옆에 있는 할아버지와 집에 있는 할머니의 마력은 금세 알았다.

크고 따스한 마력. 하지만 지금 포착한 마력은 그보다 훨씬 무시무시한…….

이것이—.

"그게 마물의 마력이니라."

할아버지는 가볍게 말했지만 이건 위험하다. 이런 걸 방치해둬서는 안 된다.

"할아버지, 어서 가자! 이런 걸 내버려 두면 엄청난 일이 벌어질 거야!"

"그래. 이건 좀 위험할지도 모르겠구나."

우리는 그렇게 말을 주고받자마자 마력이 느껴진 장소를 향해 달렸다.

나무 사이를 빠져나가면서 커다란 바위 같은 장애물은 제트 부츠로 도약하여 뛰어넘고, 나무가 쓰러져서 길이 막힌 곳은 바이브레이션 소드로 파괴해가며 숲을 돌파했다.

드문드문 보이는 토끼와 사슴과 멧돼지들을 완전히 무시하고 마침내 도착한 그곳에서는…….

키가 3미터를 넘는 거대한 곰이 비슷한 크기의 멧돼지를 먹어치우고 있었다.

"윽!"

그 너무나도 끔찍한 마력에 한순간 구역질이 치밀었다.

나는 그걸 참으면서 정신없이 멧돼지를 먹는 마물이 된 곰을 응시했다.

그러자 곰도 이쪽을 눈치챘는지 천천히 고개를 들었다.

가장 먼저 시선이 간 것은 새빨갛게 변한 눈동자. 흰자가 없이 동공까지 새빨간 모습에서 맹렬한 위화감이 느껴졌다. 그리고 숨이 답답해질 정도로 불길한 마력.

이것이 마물인가…….

나는 가슴 속에서 치미는 공포심을 억누르며 허리에 찬 바이브레이션 소드를 손에 들었다.

"GUWOOOOOOOOOOO!!!!"

그러자 곰이 적의를 드러내며 울부짖었다.

"윽?!"

나는 한순간 겁에 질릴 뻔했지만 바로 마음을 다잡고 제트 부츠를 기동, 바이브레이션 소드에도 마력을 흘려 넣으며 그 자리에서 뛰쳐나갔다.

"아! 기다려라, 신!"

그때까지 아무 말도 없었던 할아버지가 제지했지만 이미 늦었다.

마물 곰은 돌격해오는 나에게 오른팔을 휘두르려 했다.

하지만 나는 바로 직전에 제트 분사를 이용해 옆으로 피했다.

조금 전까지 내가 있었던 장소를 곰이 내려치자 엄청난 굉음을 울리며 바닥이 폭발했다.

그 자리에는 작은 구덩이가 파여 있었다.

나는 그 광경에 식은땀을 흘린 뒤 곰의 후방으로 돌아가 머리를 노리고 도약했다.

아무리 크고 흉포한 마물이라도 목이 날아가면 죽을 터!

그렇게 바이브레이션 소드를 휘두르려는 순간, 곰이 몸을 회전하는 동시에 왼팔을 휘둘렀다.

나는 황급히 제트 부츠를 기동해서 머리를 뛰어넘어 곰의 정면에 착지했다.

제길, 신체 강화다. 말도 안 되는 민첩함이었다.

마물은 이런 식으로 마법을 쓸 수 있게 된다고 듣기는 했는데 이거 참 골치 아프다.

어떻게 할까? 일단 저 팔이 방해된다.

그렇게 생각한 순간, 다시 오른팔이 날아왔다.

하나밖에 모르는 녀석이다. 나는 그렇게 생각하면서 이번에는 옆이 아니라 앞으로 도약하여 곰의 품속으로 파고들었다. 그리고 내려오는 팔의 어깻죽지를 노리고 바이브레이션 소드를 올려쳤다.

그러자 오른팔이 싱거울 정도로 간단히 곰의 몸에서 분리되었다.

"GUWAAAAAAAAA!"

곰은 고통에 비명을 지르면서도 이어서 왼팔을 휘둘렀다.

그 왼팔도 똑같이 절단한 나는 다시 곰의 후방으로 돌아가 머리를 향해 도약했다.

"이제 방해될 건 없겠지!"

그렇게 외친 뒤 목을 노리고 일섬. 곰의 머리가 몸체에서 분리되었다.

곰은 굉음을 울리며 그대로 바닥에 쓰러졌다.

후우, 해치웠다.

이게 마물인가. 확실히 동물과 달리 마법을 쓸 수 있으니 그만큼 골치 아픈 적이었다.

뭐, 그래도 첫 마물 퇴치치고는 성공적이지 않으려나?

그렇게 생각하며 할아버지를 돌아보자 입을 떡 벌리고 있는 모습이 눈에 들어왔다.

어? 뭐지? 내가 뭔가 실수했나?

"할아버지?"

"오? 오오! 미안하구나, 내가 잠시 넋을 놓은 모양이다."

"이러면 된 거야? 내가 실수한 건 없지?"

"오오, 물론이지. 더할 나위 없을 정도로 완벽했느니라."

"진짜?!"

오오, 해냈다! 첫 마물 토벌에 성공했어.

"그럼 집에 돌아가자. 배고파."

"허허, 그래. 그럼 어서 돌아가자꾸나."

우리는 이렇게 첫 마물 토벌을 마치고 귀갓길에 올랐다.

"……설마 이 정도일 줄이야……. 이거 참 기대가 되는군……."

뒤에서 할아버지가 뭐라고 중얼거렸지만 고속으로 이동 중이라 바람 소리 때문에 잘 안 들렸다.

뭐지? 다음에 할 훈련 내용이라도 생각하는 걸까?

그렇게 해서 집에 도착한 나는 평소처럼 지내고 밤에 잠이 들었다.

◇

신이 잠든 한밤중. 집 거실에는 멀린, 멜리다, 미셸이 모여 있었다.

"뭐?! 하필이면 레드 그리즐리가 마물화?!"

멜리다는 거친 목소리로 고함쳤다.

"그래. 마력을 감지했을 때는 혹시나 했다만."

"그리고 그 마물이 된 레드 그리즐리를 신이 눈 깜짝할 사이에 죽였다고……."

세 사람 사이에 기묘한 침묵이 흘렀다.

"저 아이는 대체 정체가 뭘까. 마법을 배우는 속도도 심상치 않은 데다, 무술도 입으로는 투덜대면서 미셸의 혹독한 훈련에도 제대로 따라오고 있잖아. 부여 마법에 이르러서는 오리지널 언어까지……. 다른 세상에서 왔다고 해도 믿을 수 있겠는걸."

멜리다가 그야말로 정곡을 찌르는 의견을 내놓았다.

설마 신이 정말로 다른 세상의 기억을 가지고 있을 줄은 꿈에도 몰랐지만…….

"뭐, 정체야 아무렴 어떤가. 나를 할아버지라 불러주고, 내가 체득한 마법을 남김없이 흡수해주고 있거늘. 원래는 주워온 아이였지만 지금은 친손자나 다를 바 없지. 난 저 아이가 귀여워서 견딜 수가 없어. 강해지는 건 자신의 몸을 지키기 위해서이기도 하니 문제 될 건 아무것도 없네."

멀린은 완전히 눈에 콩깍지가 낀 발언을 했다.

멜리다와 미셸은 그 모습을 믿을 수 없다는 눈으로 쳐다보았다.

"설마 그 『파괴신』이라든가 『업화의 마술사』라는 별명까지 붙은 당신 입에서, 그런 소리가 나올 줄이야……."

"그 별명은 언급하지 말아주게. 옛 흑역사가 되살아나서 도저히 못 견디겠네만……."

멀린은 젊었을 때 꽤 거창하게 일을 저지르고 다닌 모양이었다.

과거의 별명을 듣자마자 부끄러워서 어쩔 줄 몰라 했다.

"후훗, 그랬던 분이 지금은 『현자』나 『영웅』이라고 칭송받고 계시니 말입니다."

"정말 세월의 흐름이라는 게 실감이 돼."

"……그 별명도 창피하니까 참아줬으면 좋겠다만……."

그런 멀린을 놀리던 멜리다가 마침 생각났다는 듯 입을 열었다.

"하긴 저 아이가 귀여운 건 나도 마찬가지야. 가끔 밖에 못 오지만, 나도 저 아이를 친손자처럼 여기고 있으니까."

"……."

멀린과 멜리다 사이에 미묘한 기류가 흘렀다.

하지만 미셸은 그런 분위기를 눈치채지 못하고 말을 꺼냈다.

"그런데 마물이 된 레드 그리즐리를 혼자서 격파할 수 있을 정도로 성장했을 줄이야. 앞으로의 훈련을 더 엄격하게 해도 좋을 것 같군요."

평소와 다름없이 훈련밖에 머리에 없는 듯했다.

"하아…… 신도 참 고달프겠네. 이런 뇌가 근육으로 된 녀석의 사랑을 받고 있으니."

멜리다는 손자의 몸을 걱정하며 말했다.

"허허, 살살하게나."

멀린은 신을 강하게 만들겠다고 하니 이의는 없는 듯했다.

이렇게 신이 모르는 사이에 수련의 난이도가 대폭 상승하고 말았다.

◇

마물을 토벌한 다음 날부터 미셸 아저씨와의 수련이 한층 더 혹독해졌다.

어째서?

그리고 할아버지와 멜리다 할머니의 분위기가 이상했다. 뭔가 미묘한 기류가 감돌았다.

어째서?

그렇게 영문을 알 수 없는 하루를 마치자 할아버지가 말을 걸어왔다.

"신, 잠시 괜찮겠느냐."

"왜? 할아버지."

"네게 할 이야기가 있느니라."

"흠~."

참고로 할머니와 미셸 아저씨는 이미 떠났다.

사실 평소에는 어제처럼 묵고 가는 일도 거의 없고 날마다 오는 것도 아니다.

그렇게 할아버지와 단둘뿐인 상황에서 이야기가 시작되었다.

"실은 네 출생에 관한 이야기인데."

"출생?"

그건가? 나를 거둬들였을 때의 이야기?

"실은 넌 내 친손자가 아니란다."

"어?"

……미안, 이미 알고 있었어.

"미안하구나……. 지금까지 비밀로 해서."

"아니, 그건 딱히 상관없는데……."

일단 여기서는 말을 맞춰주기로 하자.

"그래서…… 친손자가 아닌데도 난 왜 할아버지랑 같이 살고 있는 거야?"

"그건 9년 전…… 여기서 가까운 도시에 물건을 사러 갔던 내가, 우연히 가도를 걷고 있을 때였단다. 갑자기 비가 내리는 바람에 근처에 있는 숲에서 비를 피하려고 가도를 벗어났을 때였지."

"비……."

"그랬더니…… 나보다 먼저 마차가 와 있었다만…… 아무래도 마물의 습격을 받았는지…… 도저히 눈 뜨고는 못 볼 참상이 벌어져 있더구나."

마물…… 습격받은 마차…… 무슨 이야기가 나올지 대충 예상이 갔다.

"주위에는 파괴된 마차의 잔해와…… 그게…… 잡아먹힌 인간의 시체가 여기저기에 흩어져 있었는데…… 도저히 생존자는 없을 것 같아서 하다못해 장례라도 치러주려고 현장에 접근했었지. 그랬더니…… 마차의 잔해 사이에서 아기의 울음소리가 들리는 게 아니겠느냐."

거기까지 말한 할아버지는 나를 지그시 바라보았다.

"난 서둘러 그 아기를 찾았단다. 그리고…… 그렇게 발견한 아기가—."

"그게 나……."

"그래. 아마 마차가 습격받았을 당시의 충격으로 정신을 잃었던 거겠지. 그리고 비 때문에 체온이 떨어져서 가사 상태에 빠졌던 게 아닐까 하는 생각이 들더구나. 그래서 넌 마물의 표적이 되지 않고 살아남을 수 있었던 거겠지."

그런가. 마물의 습격을 받고 왜 나만 살아남은 건지 의문이었는데 그런 이유가 있었던 건가. 혹시 그때의 충격으로 전생의 기억이 되살아난 덕분에 가사 상태에서 회복된 게 아닐까?

"그럼…… 내 부모님은 누군데?"

"미안하구나. 너무나도 처참하게 파괴된 상황이라…… 결국 신원을 판별할 만한 물건은 찾아내지 못했단다."

"흥~ 그런가."

"……꽤 쉽게 받아들이는구나."

응, 그야 뭐…….

"부모님이라고 해봤자 기억에도 없는걸."

"그야 그렇다만."

게다가—.

"그리고 나한테는 할아버지가 있으니까."

"……!"

그렇다. 나에게는 피가 이어진 손자도 아닌데 날 애지중지 키워준 할아버지가 있었다.

"게다가 멜리다 할머니랑 미셸 아저씨도 있고. 그 밖에도 디스 아저씨랑 크리스 누나랑 별로 미덥지는 않지만 지크 형도 있는걸."

많은 사람이 늘 우리 집을 방문해주었다.

"응, 그래서 부모님이 없어도 쓸쓸하다는 생각은 단 한 번도 해본 적 없어. 오히려 너무 시끌벅적해서 곤란할 정도였는걸."

"신……."

"그러니까 할아버지."

"응?"

"날 발견해줘서 고마워."

목숨을 구원해줘서—.

"구해줘서 고마워."

늘 맛있는 밥을 먹게 해줘서—.

"귀여워 해줘서 고마워."

마법 같은 것도 잔뜩 가르쳐줘서—.

"난 할아버지의 손자가 돼서 행복해."

태어난 지 얼마 안 돼서 그런 불행한 일을 겪었는데도 지금은 이토록 행복했다.

"신…… 으, 으흑…… 으, 으, 으허어어엉."

이런, 할아버지가 운다. 하지만 본심인데 뭐 어때. 이제 와서라도 말할 수 있어서 다행이다.

할아버지, 고마워요.

◇

할아버지에게서 출생의 비밀을 듣고 몇 년이 흘렀다.

오늘은 할아버지와 함께 집 밖으로 나왔다.

그렇다고는 해도 장을 보러 가거나 소풍을 가려는 건 아니었다.

오늘의 목적은 내가 마법을 얼마나 쓸 수 있게 됐는지 확인하는, 이를테면 시험이나 다를 바 없는 거였다.

그래서 늘 가는 숲이 아니라 나무도 없고 풀도 자라지 않은 황야 쪽으로 갔다.

할아버지가 이 장소를 알려준 후부터 마법 연습은 늘 여기서 했다.

"흠? 여기가 이런 지형이었던가?"

할아버지가 혼잣말을 했다.

"오랜만이라 낯설어서 그런 거 아냐? 그보다 빨리 시작하자."

나는 살짝 식은땀을 흘리면서 할아버지를 재촉했다.

"그래. 그럼 우리 신이 얼마나 마법을 쓸 수 있게 됐는지 보자꾸나."

그렇게 소위 말하는 『졸업 시험』이 시작되었다.

나는 바로 마력을 제어해서 모으기 시작했다.

자, 그럼 어떤 마법부터 써볼까? 역시 기본적인 『화속성』 마법?

먼저 이미지하는 건 연소. 불씨를 생성한 후 산소를 더해 연소를 촉진한다.

그렇게 생겨난 불꽃이 계속해서 온도를 높였다.

"푸르스름한 불꽃은 처음 보는군……"

그리고 그 불꽃을 주위에 몇 개나 만들었다.

"이렇게 많은 불꽃도 처음 보는구나……."

불꽃을 생성한 건 거의 눈 깜짝할 사이였다. 나는 그것들을 약간 떨어진 곳에 있는 땅바닥을 향해 발사했다.

콰앙!

그리고 약간 귀가 먹먹해지는 소리를 내며 바닥에 충돌했다.

폭발하는 종류의 마법은 아니라 뭔가가 튀지는 않았다.

하지만 초고온의 불꽃과 충돌한 바닥은 마그마처럼 녹아 있었다. 일부는 유리로 변한 곳도 있었다.

"……."

응? 할아버지의 감상은?

뭐, 아무렴 어때. 다음으로 가자.

이번에는 조금 전과 같은 불꽃을 다시 만들어내서 형태를 길게 늘리고 회전을 더했다. 내가 이미지한 건 탄환이다.

발사된 불꽃 탄환은 조금 전의 화염구와는 비교도 되지 않는 속도로 같은 장소에 날아갔다.

콰아앙!

스피드라는 요소가 더해졌기 때문에 녹는 것으로 끝나지 않고 성대한 폭발이 주위를 휩쓸어 버렸다.

"……."

응? 또?

그럼 다음이다 다음.

이번에는 수소와 산소를 섞은 혼합 기체를 이미지해서 공기의 벽으로 감쌌다. 착탄과 동시에 인화하도록 불씨를 넣고 이번에는 꽤 멀리 떨어진 곳을 향해 발사했다.

콰아아아아아아앙!

엄청난 대폭발을 일으켰다.

아, 큰 구덩이가 생겼네. 뭐, 이런 일이 생길까 봐 일부러 황야로 온 거니까 문제 될 건 없으려나.

"……."

응? 왜 또 아무런 감상도 없는 거야?

어쩔 수 없지. 이번에는 다른 마법으로—.

"……헉! 요 녀석, 그만두지 못할까! 이제 됐다. 이제 충분해."

오, 이제야 할아버지가 말을 했다.

“어땠어? 할아버지.”

“설마 이 정도일 줄이야…… 혼자서 여기까지 성장하다니…….”

“그렇다는 건?”

“두말할 것 없는 합격이다.”

오, 오옷!

“좋았어!”

나는 양손을 치켜들고 승리의 포즈를 취했다. 할아버지에게 인정받고 싶어서 노력한 보람이 있었다.

“정말 훌륭하게 자랐구나……. 내일이면 너도 이제 열다섯 살, 성인이 된 셈이니 이걸로 자립할 수 있겠지.”

“……아.”

그렇다. 나는 내일로 열다섯 살이 된다. 이 세계의 성인은 열다섯 살. 일부의 예외를 제외하면 열다섯 살이 된 시점에서 사회로 나가게 된다.

그리고 여긴 깊은 숲속이다. 사회로 나가려면 이 집을 떠나야만 했다.

당장 여기서 생활하는 것에 문제가 될 건 전혀 없었다. 그렇다면 집을 떠날 필요가 없지 않을까 싶었지만, 할아버지와 할머니를 비롯한 다른 어른들이 허락해주지 않았다.

그런 고로 난 열다섯 살이 되면 이 집과 숲을 떠나서 생활하기로 결정되어 있었다.

참고로 지금까지 옷이나 그 밖의 생활필수품은 어른 중에 장사를 하는 아저씨가 늘 가져다줬다. 그러니까 난 한 번도 숲 밖으로 나가본 적이 없었다.

그래서 이 숲을 떠나 새로운 생활을 시작하는 것에 나름대로 기대도 됐지만, 할아버지와 떨어져서 살아야 하는 게 쓸쓸하기도 한 무척 복잡한 심경이었다.

나는 그런 복잡한 심경으로 집으로 돌아가기 위한 『게이트』를 열었다.

이 『게이트』 마법은 내 오리지널이다. 원래 이공간을 창조해서 그 안에 물건을 수납하는 마법은 예전부터 존재했다. 할아버지도 쓸 줄 안다. 이건 의외로 널리 보급된 마법이라고 한다.

마법으로 이공간에 간섭할 수 있으면 이런 것도 가능하지 않을까 싶어서 고안한 게 『게이트』였다.

이건 현재 있는 장소와 가고 싶은 장소를 『선』이 아니라 『점』으로 잇는 걸 이미지해서 발동하는 마법이다.

……이렇게 말하면 좀 이해하기 어려울까? 예를 들어서 종이에 점을 두 개 찍고 가장 짧은 거리로 연결하려면 어떻게 해야 할까? 직선을 긋는다? 아니다. 종이를 접어서 점을 겹치면 된다.

그렇게 이미지하자 간단히 게이트가 열렸다.

직접 전이하는 방법도 있지만 그건 일단 몸을 분해해서 전이하려는 장소에 재구축하는 방식이다. 재구축에 실패했을 경우를 상상하면 무서워서 시험해볼 생각조차 들지 않았다.

그렇게 게이트를 열고 집으로 돌아가려 하자―.

"하아…… 이것도 굉장하구나. ……뭐, 이 마법이 있으면 언제든지 돌아올 수 있으니, 그렇게 침울해질 필요는 없을 것 같은데……."

아, 그런가! 이게 있으니 언제든지 집으로 돌아올 수 있잖아!

예, 사실 지금까지 눈치채지 못했습니다…….

그렇게 미련이 사라진 덕분에 편한 마음으로 집에 돌아왔다.

◇

그리고 다음 날. 내가 열다섯 살이 된 걸 축하하는 생일 파티가 열렸다. 참가자는 할아버지, 할머니, 미셸 아저씨, 디스 아저씨, 크리스 누나, 지크 형, 톰 아저씨였다.

디스 아저씨는 금발에 수염을 기른 비취색 눈동자의 나이스 미들이다.

항상 엄청 좋은 옷을 입고 있고 품격? 카리스마? 같은 게 느껴지는 수완가 사장님 같은 인상이었다.

속은 엄청 친근한 아저씨인데 말이지. 할아버지와 자주 어려운 이야기를 하지만, 무슨 내용인지 가르쳐준 적이 없어서 뭘 하는 사람인지는 몰랐다.

크리스 누나는 붉은 머리카락을 포니테일로 묶었고 갈색 눈동자를 한 이십 대 초반의 누나다. 늘 움직임에 지장이 가지 않는 갑옷을 입고 있어서 늘씬한 체형이 겉으로 드러나는 미인이기도 했다.

엄청 성실하고 고지식한 사람이라 웃는 건 거의 본 적이 없었다. 좋은 사람이기는 한데 말이지.

아무래도 좀 무뚝뚝하다고 해야 할까…… 원판이 미인이다 보니 더더욱 손해를 보는 것 같은 타입이었다.

지크 형은 은발 벽안의 잘생긴 형이다. 움직이기 쉬운 옷과 로브를 입고 있어서 마법사가 아닐까 추측하고 있지만, 미남에다 성격도 가볍다 보니 누군가의 기둥서방이라고 해도 믿을 수 있을 것 같았다.

크리스 누나와는 물과 기름 같은 관계라…… 마주치기만 하면 자주 싸웠다.

자주 내 앞에선 싸우지 말라고 할머니나 미셸 아저씨한테 혼이 나곤 했다.

톰 아저씨는 조금 전에 말한 장사를 하는 아저씨다.

꽤 큰 상회의 대표라는 모양인데 할아버지의 도움을 받은 적이 있어서 지금도 직접 우리 집까지 종종 상품을 가져오곤 했다. 갈색 눈과 머리카락의 약간 통통한 외모지만, 오히려 신수가 훤한 모습이 상인으로서의 관록을 느끼게 했다.

굉장히 친절한 아저씨라 내가 부탁하면 책이든 뭐든 잔뜩 가져다주었다.

그런 할아버지의 손님들도 내 생일 파티에 참가해주었다.

참고로 정확한 생일은 알 수 없으니 할아버지가 나를 주운 날을 첫 번째 생일로 삼았다.

당시의 내 나이가 한 살 전후로 추정되었기 때문이라고 한다.

그리고 내 열다섯 번째 생일 파티가 시작되었다.

첫말을 꺼낸 건 디스 아저씨였다.

"자, 그럼 우리의 영웅 멀린 님의 손자가 오늘 경사스럽게 열다섯 살을 맞이해 성인이 되었습니다. 이 자리를 축하하면서 건배합시다. 여러분, 잔을 드시길. 그럼 신 군의 열다섯 번째 생일과 성인이 된 날을 기념하며, 건배!"

""""""""건배!""""""""

"다들, 고마워요."

그렇게 파티가 시작되었다.

"그 조그만 갓난아기였던 신이 벌써 성인이 된 건가……."

한동안 할아버지와 할머니의 손자 자랑이 이어지자 뭐라 말할 수 없는 쑥스러운 기분이 들었지만, 이윽고 화제는 내 미래의 일로 옮겨졌다.

"그러고 보니 신 군, 앞으로 어쩔 거지?"

이건 디스 아저씨의 질문이었다.

"일단 가까운 도시에 가보려고."
"그렇군. 그다음은?"
"그다음?"
그러고 보니 도시에 가서 뭘 할지 생각해본 적이 없었다.
갑자기 자리가 조용해졌다.
어? 왜?
"어? 뭔가 더 없어? 신이라면 도시나 수도에 가서 마물 헌터가 될 수도 있고, 부여 마법으로 마도구 상점의 주인이 될 수도 있잖아. 그리고 이렇게 멋진 남자로 자랐으니 마음만 먹으면 여자랑 친해져서 놀고먹을 수도 있을 테고."
"그런 생각을 하는 건 당신뿐입니다만?"
지크 형과 크리스 누나의 시선이 맞부딪치며 불똥이 튀었다.
"헌터? 마도구 상점 주인이라는 건 쉽게 될 수 있는 거야?"
마물을 토벌하면 돈을 받을 수 있는 건가? 그리고 가게라는 건 그렇게 쉽게 열 수 있는 게 아니잖아?
"설마 해서 물어보는 건데…… 신 씨, 지금까지 혼자서 물건을 사본 적은 있습니까?"
"그러고 보니 지금까지는 톰 아저씨한테서밖에 사본 적이 없네요. 돈거래는 늘 할아버지가 하니까 해본 적도 없고요."
톰 아저씨의 질문에 대답하자 다시 정적에 휩싸였다.
"멀린…… 당신……."
"멀린 님…… 이건 대체……."

할머니와 미셸 아저씨가 할아버지를 쳐다보았다. 그러자—.
"아, 상식을 가르치는 걸 깜빡했구만."
""""""""뭐라고~~~~?!""""""""
그러고 보니 늘 마법만 배웠지 다른 건 배운 적이 없었네.

내가 할아버지에게서 이 세계의 상식을 배운 적이 없다는 사실이 판명된 경악스러운 생일의 다음 날.
우리는 다 같이 내 마법 훈련장인 황야로 이동했다.
『게이트』를 열자 다들 턱이 빠질 정도로 입을 벌리고 경악했다.
하필 왜 여기로 온 거냐면 할머니가 이 정도로 세상 물정을 모를 정도니, 할아버지에게서 배운 마법이 대체 어떤 건지 확인하고 싶다는 말을 꺼냈기 때문이다. 다른 사람들도 그 의견에 찬성해서 보고 싶다고 하기에 데려왔다. 그야 할머니는 마도구 전문이라 지금 내 실력을 모를 만했다.
"하아…… 이 마법만 봐도 놀라울 지경인데 마법 연습을 위해 일부러 이런 곳까지 온 걸로 봐선…… 아아, 상상하기도 싫구나."
"하지만 멜리다 님. 이러다 신 군이 사회에 나가면 어떤 말썽에 휘말릴지 모를 노릇이니, 포기하고 확인하도록 합시다."
……할머니와 디스 아저씨가 뭔가 실례되는 말을 했다.
그리고 어제 할아버지에게 보여준 『화속성』 마법뿐만 아니

라 『수속성』으로 채찍을 만들거나, 얼려서 얼음 탄환을 쏘거나, 해일을 일으키거나, 『풍속성』으로 돌풍, 수많은 바람칼날, 회오리를 만들거나, 전기를 일으켜서 전격을 써보거나, 빛을 굴절해서 광학미채를 발동하거나, 태양광을 모아 하늘에서 빔을 쏘거나, 『토속성』으로 엄청난 경도의 벽을 만들거나, 주위의 흙으로 탄막을 형성하거나, 이쪽으로 돌격해오는 적에 대한 대처법으로 땅바닥에서 원추형 쐐기를 만들어보기도 했다.

난 이렇게 한차례 마법을 쓴 후 모두에게 시선을 돌렸다.

다들 뭔가 포기한 듯한 메마른 웃음을 흘리고 있었다.

크리스 누나가 저런 표정도 지을 줄 아는구나.

그런 생각을 하고 있자니 갑자기 할머니가 할아버지의 멱살을 붙잡았다.

"멀린! 당신…… 당신은 왜 저 아이에게 『자중』이라는 걸 안 가르친 거야!"

"확실히……."

"이건 좀 심하군요……."

응? 다들 그 평가는 좀 심한 거 아니야?

"그야…… 가르치는 족족 흡수하니까 그만 어디까지 할 수 있나 보고 싶어졌는걸~."

"그 말투는 또 뭐야! 채신머리없게!"

오오, 할머니 엄청 화나셨네.

"이건…… 선불리 세상에 내보낼 수 없겠군요. 이 정도의 파괴력을 가진 마법…… 조금 전에 쓴 게이트 같은 이동 마법…… 각국이 신 군을 손에 넣는다면 세계 정복을 노릴지도 모르겠습니다."

디스 아저씨가 뭔가 불온한 말을 꺼냈다.

어? 이게 그 정도로 위험한 거야?

"예, 게다가 미셸 님에게 무술 훈련도 받았습니다. 근접전도 가능한 데다 원거리 마법으로 이 정도의 위력. 이 사실이 알려진다면 각국에서 신을 손에 넣으려고 가만히 있지 않겠지요."

이건 크리스 누나의 평가.

그렇게 큰일이야?

디스 아저씨는 이렇게 될 줄은 몰랐다면서 난처한 얼굴로 다시 입을 열었다.

"……멀린 님, 잠시 드릴 말씀이 있습니다만 괜찮으시겠습니까?"

"허억…… 허억…… 그 전에…… 이 할멈 좀…… 어떻게…… 해주면 안 되겠나?"

옷깃에 목이 조여진 할아버지가 숨을 몰아쉬면서 대답했다.

"이게 다 누구 탓인데! 누구 탓!"

"할머니, 그렇게 흥분하면 건강에 나빠."

"이게 다 누구 탓이니! 누구 탓!"

이런, 창끝이 이쪽으로 돌려졌다.

그 덕분에 할머니에게서 빠져나온 할아버지는 디스 아저씨와 이야기를 시작했다.

"멀린 님, 신 군의 이 힘은 솔직히 말해 이상합니다. 각국의 세력 분포도가 붕괴될 정도의 힘이지요. 게다가 신 군은 이 숲 밖으로 나간 적 없는 세상 물정 모르는 철부지입니다. 이대로 사회에 내보냈다간 각국의 의도대로 끌려다닐 가능성이 큽니다. ……그중 특히 위험한 건 우리나라와 동등한 힘을 가진 제국이겠군요. 그곳은 군사력 확충을 노리는 나라. 신 군을 군사적으로 이용하려고 들려는 모습이 눈에 선합니다. 주위의 소국도 신 군을 가만히 내버려 두지는 않겠지요. 이건 신 군을 위해서도, 이 세계를 위해서도 바람직한 상황이 아닙니다."

"흠……."

의도대로 끌려 다닌다라…… 하긴 난 여기에 있는 사람들이 지인의 전부일 정도로 대인 경험이 부족했다.

"그래서 제안이 있습니다. 신 군을 우리나라에 있는 고등마법학원에 입학시키는 건 어떻겠습니까?"

"……그건 자네 나라로 포섭하겠다는 의도인가?"

할아버지의 목소리가 험악해졌다. ……할아버지의 저런 목소리는 난생처음 들었다.

"이 자리에서 결코 신 군을 군사적으로 이용하지 않겠다고 맹세하겠습니다. 저도 신 군을 갓난아기 때부터 지켜봐 온 몸. 항상 조카처럼 여긴 그를 전쟁에 말려들게 하는 건 제 감정이 용납하지 않습니다."

"그렇다는 건?"

"아시다시피 우리나라의 왕도에는 고등 마법학원이 있습니다. 이 학교는 열다섯 살까지의 중등 교육을 마친 자 중에 마법 적성이 우수한 자들을 한층 더 단련시키기 위한 고등 교육기관입니다. 거기라면 신 군의 마법이 얼마나 규격외인지, 일반적으로 우수하다는 평가를 받는 마법사가 어느 정도의 수준인지 알 수 있게 될 겁니다."

어? 나, 규격 외였어? 진짜?

"게다가 고등 마법학원의 입학은 열다섯 살부터입니다. 여태까지 같은 나이의 또래와 어울려본 적이 없는 신 군이 친구를 얻기에는 마침 좋은 기회라고 생각하지 않습니까? 가까운 나이의 크리스와 지크는 그게…… 저 모양이니까요……."

아, 크리스 누나랑 지크 형이 시선을 피했다. 그런데 또 시선이 마주치자마자 서로를 노려보고 위협하기 시작했다.

……확실히 『저 모양』 취급을 받을 만했다.

"옳거니……."

"분명 멀린 님께선 왕도에 집을 소유하고 계셨지요? 거기서 살면 돈 쓰는 법 같은 일반상식도 배울 수 있지 않을까 싶습니다만."

"흠…… 얘야, 신."

"응? 왜?"

"나는 디세움의 말이 지당하다 생각하고 그게 가장 좋은 방법인 것 같다만, 넌 어떻게 생각하느냐."

디세움? 그게 누구…… 아! 디스 아저씨의 본명이구나!

"나도 그게 괜찮을 거 같아. 학교라는 곳에 다녀보고 싶기도 하고, 같은 나이의 친구가 생길지도 모르는 거잖아? 왠지 엄청 기대되는데."

확실히 다들 날 배려해준 덕분에 딱히 외로운 적은 없었지만, 역시 같은 나이의 친구들과 바보처럼 노는 것도 경험해보고 싶었다.

"그런가. 그럼 학교에는 내가 말해두마. 난 이대로 입학해도 문제없을 거라고 생각한다만 형식상 입학시험은 봐야겠지. 그래도 괜찮겠느냐?"

"딱히 상관없어."

"미안하구나. 입학 후의 반 배정은 입학시험의 결과에 따라 정해지니까 시험은 꼭 봐야 해. 우리나라의 고등 마법학원은 귀족의 권위를 전혀 받아들이지 않는 완전한 실력주의라 내가 편의를 봐줄 수가 없단다."

"그럼 귀족이 권위를 내세우면 어떻게 되는데?"

"엄벌에 처해야겠지."

"으헉?!"

"우수한 마법사의 싹을 자르는 짓이니까 말이다. 국가에 대한 반역으로 보는 시선도 있어. 그러니 신 군도 조심하거라."

디스 아저씨는 씨익 웃으면서 말했다.

"내가 그럴 리 없잖아. 그것보다 아까부터 편의니 엄벌이니 하는데 디스 아저씨는 대체 정체가 뭐야?"

"오오, 그러고 보니 아직 말해준 적이 없었구나. 내 본명은 『디세움 폰 알스하이드』. 알스하이드 왕국의 『국왕』이란다."

……설마 했던 국왕님이셨습니다.

"그럼…… 크리스 누나랑 지크 형은……."

"나는 근위 기사단 소속의 기사로서 폐하의 호위를 위해 여기에 와 있는 거야."

"나는 궁정 마법사단 소속의 마법사지. 나도 폐하의 호위야."

설마 했던 국왕님의 호위였습니다.

"엑~! 크리스 누나라면 이해하겠는데 지크 형은 거짓말이지?!"

"야, 잠깐! 거짓말이라는 게 뭐야! 그것보다 크리스라면 이해하겠다고?!"

"후훗, 역시 신은 보는 눈이 있네요."

"너 지금 뭐라고 했냐."

"한 번 해볼래요? 아앙?!"

또 시비가 붙었다.

"뭐, 이 두 사람은 내버려 두고—."

"“야!””

“그럼 미셸 아저씨는?”

뒤에서 뭔가 시끄럽지만 무시하자.

“난 이미 몇 년 전에 기사단을 은퇴한 몸이다. 은퇴하기 전에는 기사단 총장이었지.”

뭐야, 그렇다면 지금 이 자리에 왕국의 중진들이 죄다 모여 있다는 뜻?

“그런데 왜 그럼 국왕님이 우리 할아버지를 찾아오는 거야?”

“흠, 내가 왕이란 걸 알았는데도 태도는 바꾸지 않는 건가?”

“그야 어릴 때부터 알던 아저씨인걸. 숙부처럼 여기고 있었는데 이제 와서 갑자기 태도를 바꾸라는 건 무리야.”

친척에게 갑자기 존댓말이라니…… 그런 건 무리라고요!

“하하하! 그걸로 됐다. 내 친조카는 물론이고 친자식들까지 나에게 존댓말을 쓰는 판국이니까. 이렇게 격식 없는 대화를 나눌 수 있는 건 신 군뿐이란다. 앞으로도 그 마음가짐은 변하지 말아다오.”

꽤 친근한 국왕님이네.

“그건 알겠는데 우리 집에 오는 이유는?”

“아, 그걸 안 말해줬군. 네 할아버지, 멀린 님께서 옛날에 마물이 된 인간. 즉, 마인을 토벌한 이야기는 들어본 적이 있느냐?”

“응. 할아버지한테 들었어. 그때 몇 개의 마을과 도시가 파괴되는 바람에 나라 하나가 멸망할 뻔했다고."

"그 멸망할 뻔한 나라의 이름은?"

"아니, 그건 못 들었……는데……."

이 흐름으로 봐선 설마—.

"그래. 네가 예상한 대로 우리나라였단다."

"그랬었구나……."

"내가 아직 고등 마법학원의 학생이었던 무렵이지. 우리나라에 처음으로 마인이 나타나서 마을 하나를 궤멸시켰단다. 아바마마…… 당시의 국왕과 상층부는 마치 벌집을 건드린 것처럼 큰 혼란에 빠졌지. 몇 번이나 토벌대를 보냈지만 차례차례 격파당했으며 마침내 도시까지 파괴될 지경에 처했고, 궁지에 몰린 나라에서는 결국 마법학원의 젊은 마법사들에게까지 토벌 요청을 보내고 말았지. 나도 그 토벌대에 소속되어 있었단다."

왕자님이 그런 위험한 일을 해도 괜찮은 건가?

"사람들이 반대하지는 않았어?"

"물론 엄청났지. 당시에 이미 왕태자로서 임명식을 마친 상황이었으니까 말이다. 하지만 실력주의를 표방하는 마법학원에서도 성적 우수자였던 내 자존심이 그걸 허락하지 않았단다. 내 친구들이 사지로 떠나는데 나만 안전한 곳에서 있을 수는 없다고."

멋지다. 디스 아저씨 진짜 멋져.

"오오……."

"하지만…… 역시 무서운 건 어쩔 수 없더구나. 출정이 다가올수록 나와 친구들은 잠들지 못하는 밤을 보내게 됐지. 그리고 결국 출발해서 실제로 마인과 마주친 순간에 느낀 절망감은 아직도 기억 속에 선명하구나."

"그래서? 결국 어떻게 됐는데?"

"우리 마법학원의 학생들뿐만 아니라 베테랑 전사들과 마법사들까지 완전히 마인에게 압도당하고 말았단다. 그래서 이제 끝인가? 라고 생각했을 때 나타난 분이……."

"할아버지."

"그리고 멜리다 님이셨지."

어? 할머니도 같이 있었던 거야?

"난 부여 마법사라서 보조만 했지만."

"그래도 굉장해."

"그, 그러니?"

할머니는 쑥스러워했다.

"그렇게 상쾌하게 등장한 두 분은 고전하기는 했어도 결국 마인을 토벌하셨단다. 맹렬한 기세로 적과 싸우는 멀린 님과, 요염한 모습으로 마도구를 다루는 멜리다 님을 보고 가슴이 떨릴 정도로 동경했던 게 아직도 기억에 선명해."

맹렬? 요염?

"할아버지…… 할머니."

"아무 말 마라. ……젊은 혈기의 소치였으니."

"응? 난 아직도 현역인데?"

"할머니……."

"으, 으음. 어쨌든 그렇게 해서 마인을 토벌한 거란다. 더욱이 그 자리에는 나까지 있어서, 두 분은 나라를 위기에서 구하는 동시에 왕태자까지 구해낸 영웅으로 추대받게 된 거지. 그 후로 난 멀린 님과 신분을 뛰어넘은 친구가 되었고, 즉위한 후에도 지금까지 그 관계는 계속되어서 가끔 정치 한탄을 들어주고 계시지."

그랬던 건가…… 아니, 잠깐.

"결국 푸념하러 온 거였어?!"

"그야 어쩔 수 없지 않느냐. 정치는 내가 해야 할 일이자 책임이다. 아무리 멀린 님이라 해도 그 책임까지 떠넘길 수는 없는 노릇이니까."

멋지다. 역시 디스 아저씨는 진짜 멋져.

"그런 고로 넌 큰 은혜를 입은 분의 손자인 셈이지. 정치적으로나 군사적으로 이용할 속셈은 없으니 안심하고 왕도로 오너라."

"응, 알았어. 그럼 언제 가면 되는데?"

"아, 다음 달. 그러니까 새해를 맞이한 달에 시험이 있단다. 그 전까지 왕도로 이사를 오면 되겠군."

그렇게 해서 난 왕도로 이사를 하게 되었다.

참고로 나에게 일반상식을 가르쳐주기 위해 할아버지도 동행하겠다는 모양이다.

결국 할아버지의 품을 벗어나지 못하게 된 셈이라, 나 자신이 한심하다고 생각했지만 살짝 기쁘기도 했다.

그리고 마지막으로 신경 쓰였던 부분을 물어보았다.

"할아버지랑 할머니는 옛날에 같은 파티였구나."

그렇게 말하자 미묘한 분위기가 흐르기 시작했다.

어? 뭐지?

"같은 파티라기보단…… 두 분은 원래 부부였는걸요?"

크리스 누나가 어마어마한 폭탄을 떨어트렸다.

"뭐, 뭐어어어~?!"

"……허허."

"……젊은 혈기 탓이었지."

진짜로?

순진한 소년, 왕도에 서다

할아버지와 할머니가 전에는 부부였다.

아니, 전부터 두 사람의 허울 없는 모습을 보고 혹시나 했는데 설마 진짜로 부부였을 줄이야.

그건 그렇고 『전』이라는 말이 붙었으니 뭔가 사정이 있었던 모양인데 대놓고 물어볼 수도 없는 노릇이라 속이 답답했다.

뭐, 기회가 있으면 가르쳐줄 테니 그때까지 기다려보자.

일단 새해에 입학시험을 보게 돼서 그때까지 이사를 해야만 했다.

그런 고로 우리는 이사 준비를 시작했다. 이공간 수납 마법이 있으니 짐을 나르는 건 엄청 쉬웠다.

이사 준비는 눈 깜짝할 사이에 끝났고 우리는 왕도로 출발했다. 왕도에서 어떤 생활이 기다리고 있을지 기대가 됐다.

이 집도 할아버지에게 거둬들여 진 후 14년 동안 살았으니 애착은 있었다.

그런데 할아버지는 이 집을 남겨둘 거라고 했다. 침입자 방지와 상태를 유지하는 결계를 펼쳐놔서 집이 손상될 걱정은 없다는 모양이다. 그야말로 마법 만세다.

참고로 그 결계를 펼치기 위한 마도구를 가져온 건 할머니였다.

이러니저러니 해도 남을 돌봐주길 좋아하는 사람이다.

그래서 난 이런 제안을 해봤다.

"할아버지. 왕도에 있는 집은 얼마나 커?"

"그게, 나라에서 하사받은 물건이라 크긴 또 얼마나 크던지. 방이 몇 개 있는지도 잘 기억이 안 나는구나."

진짜?

"하아, 이 영감은 진짜…… 방은 스무 개, 작은 연회를 열 수 있는 홀과 큰 응접실. 커다란 난로와 열 명쯤 앉을 수 있는 소파가 있는 거실. 스무 명이 한꺼번에 식사할 수 있는 식당과 욕실도 있단다. 그리고 부엌이 아니라 주방도 있고."

진짜 크잖아!

"할머니는 잘 아네."

"그야 거기 있는 영감과는 한때 부부였으니까. 그 저택도 아직 부부였을 때 받은 물건이라 나도 거기서 살았던 적이 있었지."

"그런가. 저기, 할머니."

"응? 왜 그러니?"

"할머니도 우리랑 같이 살면 안 돼?"

"푸흡!"

"그! 그그그그게 무슨 소리니?!"

할아버지가 마시던 차를 성대하게 뿜었고 할머니는 새빨간 얼굴로 소리쳤다.

"그야 그 정도로 자세히 알고 있다는 건 같이 살았을 때 집안일을 주도한 게 할머니였다는 뜻이잖아? 그러니까 할머니가 같이 있어 주면 정말 마음이 든든하겠는데."

힐끔.

"할아버지랑 단둘이 낯선 집에서 사는 건 좀 불안한데……."

힐끔.

"할머니가 도와줬으면 좋겠는데……."

힐끔.

"아, 정말이지! 어쩔 수 없는 애구나. 그래, 같이 살아줄게."

"진짜?! 야호!"

"신…… 그렇게 나랑 단둘이 사는 게 불안했던 게냐……."

할아버지, 미안. 그런 건 아니지만 역시 할머니하고도 같이 살고 싶었거든.

지금까지는 할아버지를 배려하느라 말 못 했지만 이제는 사정을 알았으니 괜찮지 않을까 싶었다. 딱히 재혼해주길 바라는 건 아니지만 역시 난 멜리다 할머니도 친할머니처럼 여기고 있었으니까.

그래서 두 사람이 한집에서 같이 살아주길 바란 것뿐이었다.

그런 고로 할머니도 일행에 더한 우리는 셋이서 왕도로 떠나게 되었다.

참고로 게이트는 내가 알고 있는 장소밖에 갈 수 없으니 마차를 타고 갔다. 이 마차는 톰 아저씨가 마련해준 물건으로 짐칸에 천장이 달려 있어 그 안에서 쉴 수도 있었다.

뭐, 여기서 왕도까지는 하루도 걸리지 않는다고 하니 쓸 일은 없겠지만 말이다.

한 나라의 왕이 빈번하게 올 정도니까 왕도에서 멀리 떨어져 있을 리가 없었다.

아니, 사실 할아버지가 은거할 때 너무 멀리 가지는 말아 달라고 간절히 부탁했다든가 뭐라든가.

디스 아저씨…….

아무튼 왕도로 가는 과정은 생략하겠다.

딱히 아무 일도 없었으니까!

따뜻한 햇볕과 부드럽게 흔들리는 마차 때문에 잠기운을 참느라 더 고생했다.

그리고 마침내 도착한 왕도.

문으로 이어지는 긴 줄에서 대기하고 있자 이윽고 우리 차례가 왔다.

"신분증은 있으십니까?"

출입 관리를 담당하는 병사가 그렇게 말을 걸었다.

신분증?

"허허, 이거면 되겠나?"

"자."

할아버니와 할머니가 신분증을 제시했다. 잠깐! 내 거는?

"아앗?!"

할아버지와 할머니의 신분증을 본 병사는 그 자리에서 눈을 부릅뜨고 굳어 버렸다.

난 신분증이 없는데 괜찮으려나?

"저, 저기요! 『현자 멀린』 님과 『도사 멜리다』 님이 맞으십니까?!"

병사가 크게 외쳤다.

응? 현자? ……그리고 도사라니…….

나는 두 사람에게 시선을 돌렸다.

""젊은 혈기의 소치였느니라(였지).""

두 사람의 목소리가 동시에 포개졌다.

내가 당황하고 있자 주위가 소란스러워지기 시작했다.

"현자님이라고?!"

"정말이야?!"

"도사님도 계신다나 봐!"

"현자님! 도사님!"

우와, 엄청 떠들썩해졌다.

"미안하지만 이대로는 소동이 벌어질 것 같군. 얼른 끝내 주지 않겠나?"

"아! 죄, 죄송합니다! 저, 저기…… 이 도련님께선?"

도련님! 그런 말은 난생처음 들었어! 우와…… 왠지 엉덩이가 근질거려.

"허허, 이 아이는 신. 신 월포드. 우리 손자일세."

"손자분이셨습니까! 예, 확인 완료했습니다!"

"그래, 고맙네. 수고하게나."

"아! 가, 감사합니다!"

병사는 눈물을 글썽거렸다.

굉장하다. 정말로 할아버지와 할머니는 이 나라에서 아직도 영웅인 거구나. 내 일이 아닌데도 무척 자랑스러웠다.

우리는 주위의 시선을 받으면서 왕도에 있다고 하는 할아버지의 집으로 향했다.

그건 그렇고 과연 왕도답다고 해야 할지 사람이 엄청나게 많았다.

원래 일본인이라 도시의 인파에는 익숙했지만, 실제로 이렇게 많은 사람을 본 건 이 세상에 온 이래로 처음이었다.

나는 약 14년 만의 인파에 시선을 두리번거렸다.

그건 그렇고 거리가 참 깔끔했다.

도로는 전부 돌로 포장되어 있었고 건물도 전부 석조 건물이었다. 자세히 보니 아무래도 콘크리트까지 쓴 모양이었다.

전생에서도 고대 로마에서 건물을 짓는데 콘크리트를 썼다고 하니 큰 위화감은 없었다. 길거리에 쓰레기도 없었고.

딱 그거다, 유럽풍 거리.

그리고 약 30분 후—.

멀어! 고작 30분 만에 이 왕도가 얼마나 넓은지 절실히 체감했다.

왕성은 아직도 멀리서 보였다.

저 왕성을 둘러싸는 형태로 귀족과 상인의 저택이 늘어선 구역이 있고, 또 그 주위를 둘러싼 곳이 평민이 사는 구역이다.

우리가 살 집은 평민이 사는 구역과 귀족이 사는 구역의 경계에 있다고 한다.

딱히 대놓고 평민 구역과 귀족 구역을 나눈 건 아니지만 왕성에 갈 기회가 많은 귀족들은 주로 성 가까이에 저택을 마련했고, 갈 기회가 없는 평민들은 그 바깥쪽에 집을 마련하게 돼서 이런 식으로 거리가 조성되었다는 모양이다.

그리고 우리는 마침내 집에 도착했다. 나는 그 어마어마한 규모에 입을 떡 벌린 채 집을 올려다볼 수밖에 없었다.

이건 그거다. 전생에서도 나쁜 짓을 하지 않으면 살 수 없는 부류의 집이다.

"어서 돌아오십시오. 멀린 님, 멜리다 님. 그리고 신 님."

저택 문 앞에서 그런 생각을 하고 있자, 문 옆쪽에서 훌륭한 갑옷을 입은 병사가 나타났다.

"엥? 신 님이라니……."

"저희가 존경하는 영웅님의 손자분이시니까요. 그렇게 불러드리는 게 당연하지 않겠습니까."

진짜로? 왠지 요즘 이 말만 하게 되는 것 같은데…….

"허허, 이 아이는 이런 취급에 익숙하지 않아서 그런 걸세. 너무 격식을 차리지는 말아주겠나?"

"예, 알겠습니다."

아니, 별로 변한 게 없는 거 같은데.

그리고 우리는 그 문지기? 씨가 문을 열어줘서 마차를 탄 채 저택 부지 안으로 들어갔다.

다시 봐도 참 큰 집이다. 좌우 대칭형 2층 건물로 아마 오른쪽에 방이 다섯 개, 왼쪽에 다섯 개씩 나눠진 식으로 총 스무 개의 방이 있는 모양이었다.

그리고 이번에도 커다란 문을 열자—.

""""""""어서 오십시오!""""""""

질서정연하게 선 메이드와 집사들이 우리를 맞이했다.

"어? 뭐야? 이게 대체."

"허허, 디세움이 파견해준 모양이로구나."

"하아, 이러니까 여기가 싫은 거야."

진짜?

이 세상의 고용인은 파견 사원이었어? 아니, 그보다 우리 셋이서만 사는 건 줄 알고 있어서 깜짝 놀랐다.

"이런 큰 저택에 고작 셋이서 살 수 있을 리가 없잖니. 이 저택에 있는 방 중 절반은 고용인들이 쓰는 방이란다."

"그런 거였어? 아니, 알았으면 먼저 가르쳐주지."

"허허, 너무 당연한 일이라 깜빡했구나."

그런가. 이것도 상식이구나.

"상식이라기보단 조금만 생각해보면 알 수 있는 일일 텐데."

할머니는 기막혀했다. 하긴 그 말이 맞다. 전생에서 고용인을 쓰는 건 상당히 특수한 부류의 집들뿐이었으니까 상상조차 못 했다.

그러고 있자니 메이드 중 약간 나이가 있는 여성이 앞으로 나섰다.

"처음 뵙겠습니다. 멀린 님, 멜리다 님, 신 님. 제가 이 월포드 저택의 시녀장을 맡게 된 마리카라고 합니다. 부족한 점도 있겠지만, 온 힘을 다해 보필하겠사오니 아무쪼록 잘 부탁드립니다."

""""""""잘 부탁드립니다!""""""""

메이드들이 일제히 고개를 숙였다.

그녀들은 발목까지 내려오는 검은 메이드복과 하얀 앞치마를 입고 있었다.

치마도 짧지 않았고 프릴도 달리지 않았다. 그야말로 작업복이라는 느낌이다.

하긴 당연한가. 이 세계에서 메이드는 어엿한 직업이다. 귀엽게 장식할 필요는 없는 거겠지.

메이드들을 보면서 그런 생각을 하자 이번에는 중년의 집사가 앞으로 나섰다.

“처음 뵙겠습니다. 제가 이 저택의 집사장을 맡게 된 스티브라고 합니다. 이 저택에 관한 일은 최선을 다해 임하겠사오니 잘 부탁드립니다.”

“““““““잘 부탁드립니다.”””””””

메이드들과 비교하면 수가 그리 많지는 않지만 집사도 있었다.

다들 빠릿빠릿하게 정장을 갖춰 입은 모습이 멋있었다.

아니, 그런 것보다 집사라는 건 대체 무슨 일을 하는 걸까?

“전 요리장을 맡은 코렐이라고 합니다. 여러분께서 만족하실 수 있도록 성심성의껏 솜씨를 발휘하겠습니다. 잘 부탁드립니다.”

요리사까지 있는 거야? 이 VIP 대우는 대체 뭐지? 난 대체 뭘 하라고!

“신 님께선 아무것도 하지 않으셔도 됩니다. 전부 저희에게 맡겨주시길.”

“그, 그치만…… 지금까지 전부 스스로 했는데, 전부 맡기는 건 미안하다고 해야 할지…….”

“하지만 저희도 폐하의 하명을 받고 온 몸입니다. 하물며 영웅님의 가족분의 손을 어지럽힐 수는 없는 노릇이지요.”

메이드와 집사와 요리사까지 크게 고개를 끄덕이며 공감

했다.

저기요, 디스 아저씨! 이게 대체 무슨 짓이에요!

게다가 다들 할아버지와 할머니를 동경하는지 시선이 뜨거웠다.

젊은 사람들에게는 태어나기 전 일이었을 텐데…….

"여러분, 우리 할아버지가 영웅이라고는 해도 엄청 오래된 일이잖아요? 그런데 왜 아직도 영웅 대접을 하고 계시는 거죠?"

"그건 당연한 일입니다. 다들 어릴 적부터 이야기로 만들어진 두 분의 활약상을 들으며 자라왔으니까요. 남자아이들은 멀린 님을, 여자아이들은 멜리다 님을 동경하기 마련입니다."

우와, 상황은 내가 상상했던 것보다 훨씬 더 어마어마했다.

살짝 두 사람을 쳐다보자…… 아, 부끄러워서 어쩔 줄 몰라 하네.

"그 이야기를 소재로 삼은 무대도 있습니다. 처음 상연한 지 벌써 수십 년이 지났는데 아직도 가장 인기가 많은 작품이라, 멀린 님과 멜리다 님의 역할을 맡는 게 배우들의 꿈이기도 하지요."

하긴 이야기니까 상당히 미화, 각색되어 있겠지만…….

아니, 그것보다 무대까지 있는 건가…….

"할아버지, 할머니. 알고 있었어?"

“……책은 나왔을 때 받아서 읽은 적이 있지. ……읽으면서 『이게 대체 누구 이야기지?』라는 생각이 들더구나.”

“난 무대에 초대받은 적이 있어. 주위에서는 날 이런 식으로 봤구나 하고 자기혐오에 빠졌었지.”

할아버지와 할머니는 이미 포기한 얼굴이었다. 눈에 생기가 없었다.

더 자세히 물어보자 여기에 온 사람들은 모두 공개 채용을 통해 들어왔다고 했다.

응모자가 너무나도 많다 보니 선발 시험까지 치렀다든가.

상당히 치열한 격전이었는지 여기 있는 모두의 얼굴에서는 자부심마저 느껴졌다.

고용인 결정전이라는 게 대체 뭐야!

그런 우리 세 사람에게는 피곤한 자기소개를 마친 후, 아무튼 왕도의 생활이 시작되었다.

지금까지의 생활과는 전혀 달랐다.

아침에는 습관 때문에 일찍 일어났지만, 사냥할 필요도 없고 아침 식사를 준비할 필요도 없으니 일찍 일어나 봤자 할 일이 없었다.

그래서 어쩔 수 없이 아침 훈련을 하기로 했다.

코렐 씨를 비롯한 요리사들이 만들어준 아침 식사를 먹은 후에는 시험공부를 했다.

사실 전부 아는 내용이라 시험 범위의 확인과 복습에 불과했지만…….

점심을 먹고 나면 정말로 할 일이 없었다. 왕도를 목적 없이 돌아다니거나 게이트로 황야에 가서 마법 연습을 하는 둥, 아무튼 시간이 남아돌아서 골치가 아플 지경이었다.

그중에서도 가장 많은 시간을 쓴 건 왕도의 산책이었다.

그리고 나는 이 세상에 태어나서 처음으로 돈을 만져봤다.

이 세계에서 쓰이는 돈은 화폐뿐이다.

화폐의 종류는 석화, 철화, 동화, 은화, 금화, 백금화 순이었다.

은화 한 닢이 대충 만 엔 정도? 동화는 5천 엔 정도의 가치를 지니고 있었다.

아직 돈을 벌어본 적이 없으니 할아버지에게 받은 용돈이었다. 나는 은화 몇 개와 동화 몇 개를 들고 왕도의 거리로 나왔다.

과연 왕도라는 이름답게 광대했고 사람과 가게도 많았다. 노점도 잔뜩 있었기에 꼬치구이를 사서 먹으며 거리를 돌아다녔다.

지크 형이 말한 마도구 상점에도 들러봤다.

솔직히 할머니가 만드는 마도구에 비하면 성능이 한참 모자란 데다가 비싸기도 엄청 비싸서 바로 나와 버렸지만 말이다.

그리고 아무 생각 없이 걷다가 뒷골목으로 들어갔다. 이쪽에도 다양한 가게가 있으니 구경이나 해볼 생각이었는데—.

"싫어요! 그만하세요!"

"당신들! 적당히 좀 해!"

"오, 무서워라. 그렇게 화내지 말라고. 그냥 같이 놀자는 것뿐이잖아."

"맞아 맞아. 우리랑 놀면 즐거울걸? 그런 김에 기분 좋은 경험도 하고."

"캬하하하! 그건 그래!"

오오…… 그야말로 정석적인 전개였다.

평범한 헌팅이었다면 그대로 못 본 척하고 넘어가려 했지만 아무래도 분위기가 수상했다. 막무가내로 납치라도 할 것 같은 느낌이었다.

주위의 통행인들은 하나같이 시선을 피하면서 지나갔다. 하긴 헌팅남들은 다들 근육이 우락부락한 데다 가죽 갑옷까지 입고 있었다. 일반인이 끼어들기에는 난이도가 너무 높으리라.

"아~ 거기 있는 아가씨. 지금 난처한가요?"

"예! 엄청 난처해요!"

내 질문에 두 소녀 중 긴 갈색 머리 여자애가 큰 목소리로 대답했다.

난 그녀의 넉살 좋은 태도에 당황하면서 남자들에게 다가갔다.

"뭐야 이 꼬맹이는! 무슨 용건이냐!"

"오오, 멋진걸. 정의의 사도 흉내냐?"

"우리는 마물을 사냥해서 이 녀석들을 지켜주고 있으니까 정의의 사도는 우리겠지!"

아, 이게 마물 헌터라는 녀석들인가. 그랬군. 아니, 그보다…….

"형들, 마물을 사냥하는 건 정의의 사도일지도 모르지만 여자애까지 사냥하는 건 그냥 악당인데?"

그 한마디에 남자들의 안색이 돌변했다.

"뭐라고! 이 꼬맹이가!"

"험한 꼴을 당해봐야 알겠나 보군."

"죽어! 짜샤!"

알겠다니 뭐가? 나한테 뭔가 가르쳐줬던가? 그런 생각을 하고 있자니 한 명이 덤벼들었다.

우와, 느려! 이래 봬도 난 미셸 아저씨의 혹독한 훈련을 버텨낸 몸이다. 움직임이 뻔히 보였다.

전 기사단 총장의 훈련을 빙자한 괴롭힘을 떠올리고 잠시 정신이 아득해진 타이밍에 주먹이 날아들었다.

나는 그 주먹을 피하면서 팔을 잡고 다리를 걸었다. 그러자 남자는 그 자리에서 한 바퀴 회전하더니 낙법도 제대로 못 취하고 그대로 머리부터 바닥에 떨어졌다.

아차, 죽지는 않았겠지?

그 광경을 본 나머지 남자들은 더 화가 났는지 허리춤에 찬 검을 빼 들었다.

그리고 아무런 망설임도 없이 나에게 휘둘렀다.

나는 그 공격을 피하는 동시에 품속으로 파고들어 손목을 쳐서 검을 떨어트리게 하고 엎어치기를 먹였다. 이쪽 사람도 머리부터 바닥에 떨어져서 의식을 잃었다.

남은 한 명도 검을 마구 휘둘러댔지만 던지기를 경계하는 모양이라 품속으로 파고들 수가 없었다. 어쩔 수 없이 피하는 타이밍에 맞춰서 손바닥으로 턱에 카운터를 먹였다. 그러자 흰자를 드러내더니 무릎부터 힘이 빠져 바닥에 쓰러졌다.

남자들을 정리한 다음에 여자애들 쪽으로 고개를 돌리자, 둘 다 아연실색한 표정으로 이쪽을 바라보고 있었다.

"괜찮아? 다친 데는 없고?"

"어, 아! 저흰 괜찮아요! 당신이야말로 괜찮으세요? 상대는 검을 뽑았었는데……."

아까 도움을 요청한 여자애가 그렇게 대답했다. 약간 눈매가 날카롭지만 갈색 눈동자에 얼굴도 자그마한 꽤 귀여운 애였다.

"아, 응. 괜찮아. 저런 느린 검에 맞을 리가 없으니까."

"아…… 제가 보기엔 꽤 빨랐던 거 같은데요……."

다른 한쪽의 말이었다. 이쪽은 긴 파란 머리카락의……

파란 머리카락?! 난생처음 봤어!

그러고 얼굴 쪽으로 시선을 돌리자—.

머리 위로 벼락이 떨어졌다.

약간 처진 큰 눈과 오뚝하고 작은 코. 립글로스라도 바른 것처럼 입술이 촉촉하고 작은 얼굴을 한 미소녀가 그 자리에 있었다.

"저, 저기…… 왜 그러세요?"

내가 시선을 못 떼고 있자 그 소녀는 새빨개진 얼굴로 난처한 듯 물어보았다.

"어? 아! 아니, 아무것도 아니야. 다치지 않아서 다행이네."

나는 황급히 그렇게 대답했다. 이런, 잠시 넋을 잃었다.

"깜짝이야. 갑자기 말이 없으니까 무슨 일이 생긴 줄 알았잖아."

"아, 미안. 괜찮아. 그보다 일단 장소를 이동하자."

여자에게는 꽤 무서운 체험이었으리라. 아직 둘 다 몸을 가늘게 떨고 있는 데다가 불안해하는 기색을 보이기에, 일단 근처의 카페로 들어가서 마음을 가라앉히기로 했다.

"다시 말할게. 위험한 상황에서 구해줘서 고마워."

"고, 고맙습니다."

"아니, 별거 아냐. 그다지 강한 녀석들도 아니었으니까."

내가 그렇게 대답하자 갈색 머리의 여자애가 분한 표정을

지었다.

“마법만 쓸 수 있었다면 저런 녀석들쯤 간단히 해치웠을 텐데.”

왠지 말하는 내용은 흉흉했다.

“그럼 못 써, 마리아. 거리에서 공격 마법을 쓰는 건 금지됐잖아.”

“나도 알아, 시실리. 그래서 저런 녀석들에게 아무것도 못 한 게 분하다구!”

호오, 갈색 머리 소녀의 이름이 마리아고 파란 머리 소녀의 이름이 시실리인가.

“아, 미안. 아직 자기소개도 안 했네. 난 마리아. 얘는 시실리야.”

“아…… 시실리……라고 해요.”

“괜찮아. 난 신이라고 해. 그런데 듣자 하니 마리아는 마법을 쓸 줄 아는 모양인데 혹시 고등 마법학원의 학생이야?”

“으응, 아직 아니야.”

“아직?”

“응. 다음 달 입시에 합격해야 고등 마법학원의 학생이 될 수 있으니까.”

“흐응, 마리아도 다음 달에 시험을 보는구나.”

“맞아. 시실리도 같이. 아니. 그것보다 『도』?”

“응. 나도 볼 거거든.”

그렇게 대답하자 두 사람은 또 입을 떡 벌리고 나를 쳐다보았다.

"거짓말…… 그렇게 맨몸으로 잘 싸우면서 마법사?"

"틀림없이 기사 양성 학원의 학생분이신 줄 알았어요……."

기사 양성 학원도 있나 보군.

"물론 난 수석 입학을 노리고 있으니까 안 질 거야."

"하하, 난 적당히 할게."

"뭐야. 시시하긴."

나는 입술을 살짝 내민 마리아와 악수를 했다. 그리고 시실리에게도 손을 내밀었지만—.

"저기…… 그게……."

그녀는 내 손을 잡아주지 않았다.

그런가, 그렇겠지. 만나자마자 악수를 요구하는 건 좀 뻔뻔했나? 그러고 보면 마리아는 굉장하네.

"잠깐, 너 왜 그래? 시실리. 어디 안 좋은 거야?"

"어?! 아, 아니야! 아무것도!"

그리고 기세 좋게 양손으로 나와 악수를 했다.

"그, 그럼 서로 열심히 해보자."

"아, 예! 열심히 할게요!"

그리고 손을 놓은 후 다시 자리에 앉았다. 그러자 마리아가 질문을 던졌다.

"그러고 보니 신은 어느 중등학원 출신이야? 같은 또래인데도 오늘 처음 보는 것 같네."

"아, 난 최근에 왕도에 이사 왔어. 그러니 처음 보는 게 당연하겠지."

"흐응, 그렇구나. 아! 최근 왕도에 왔다고 하니까 생각난 건데. 그거 알아? 현자님과 도사님께서 최근에 왕도로 돌아오셨다지 뭐야!"

"아, 응. 들어본 적 있으……려나……."

"뭐야 넌 관심 없어? 구국의 영웅이자 희대의 마법사이면서 용맹 과감하게 마물을 해치운 현자 멀린 님과, 그 아름다운 외모로는 상상도 할 수 없을 만큼 가열차게 마도구로 마물을 사냥한 도사 멜리다 님이잖아! 이 나라, 아니. 이 세상에 태어난 이상 모두가 최고로 동경하는 존재. 살아있는 전설이라구?!"

이런, 낯 뜨거워서 죽을 것 같다…….

"저, 저기…… 괜찮으세요?"

혼자서 부끄러움을 견디지 못하고 몸을 비틀자 시실리가 걱정스러운 목소리로 말을 걸었다.

아, 방금 난 완전 거동이 수상한 인간이었다.

"왜 그래? 반응이 이상한데."

"아, 아니, 마리아는 할아…… 현자님과 도사님을 엄청 좋아하나 보네."

"당연하지! 두 분을 싫어하는 건 뭔가 못된 짓을 꾸미는 사람 빼곤 존재하지 않아!"
"그, 그러냐."
"그래! 게다가 그 두 분의 손자분도 이번에 마법학원 입시 시험을 본다지 뭐야?!"
진짜?! 벌써 그것까지 소문이 퍼진 거야?
"아아, 어떤 분일까. 그분과 같은 해에 태어난 행운에 감사를."
이젠 둘 다 꽤 마음을 가라앉힌 것 같고, 계속 같이 있다간 위험해질 것 같은 분위기가 풀풀 풍기니까 여기서 이만 헤어지기로 했다. 두 사람은 조금 더 여기 있을 거라고 해서 나만 전표를 들고 일어섰다.
"잠깐! 우리 건 우리가 낼 테니까!"
"됐어. 여자애가 사게 하는 건 꼴사납잖아. 내 체면 좀 챙겨줘."
나는 그렇게 말한 후 계산을 마치고 가게를 나왔다.
어쩐지 오늘은 즐거웠다. 설마 이런 정석 전개에 휘말려들 줄이야. 그리고 귀여운 여자애들과 함께 차도 마실 수 있었고…….
그 시실리라는 애 귀여웠지.
아! 아뿔싸! 연락처를 물어볼 걸!
으아아~ 내가 이런 실수를! 폼 잡으면서 나왔는데 이제 와서 다시 들어가는 건 무리야!

하아…… 그러고 보니 둘 다 마법학원의 입시를 본다고 했으니까 합격하면 학교에서 만날 수 있겠지? 좋아! 반드시 합격할 테다!

시실리도 합격하길 기원하자.

마리아는 왠지 알아서 잘 붙을 것 같고…….

◇

신이 떠난 후의 카페에서 마리아와 시실리는 이야기를 나눴다.

"하아…… 뭐랄까, 멋진 애였네."

"응……."

"얼굴도 괜찮은 편이고, 강해. 마법학원의 시험을 본다고 했으니 마법도 쓸 줄 알 테고, 덤으로 치근덕대는 구석도 없었고."

"응……."

"……떠날 때도 멋있었지?"

"응……."

"……시실리, 뽀뽀해도 될까?"

"응……."

"하아…… 그럼 내가 신을 가져도 돼?"

"으…… 응?! 아! 안 돼!"

시실리는 그 말에 겨우 제정신을 차렸다. 마리아는 그 모습을 보면서 쿡쿡 웃었다.

"얘, 얘도 참!"

"아하하! 이야~ 미안. 시실리가 이러는 건 처음 봤으니까."

"으……."

"그런데? 어때? 설마 첫눈에 반했다든가? 이야기에 흔히 나오는 그런 쉬운 히로인 같은 패턴은 아니겠지?"

"그! 그런 건…… 아니……라고…… 생각……하는데……."

"어? 서, 설마 진짜로?"

"모르겠어……. 하지만, 그게…… 그 사람의 얼굴을 보면 엄청 긴장된다고 해야 할까……, 심장이 두근거린다고 해야 할까…… 몸이 뜨거워진다고 해야 할까……."

"잠깐 잠깐, 진짜였어……?"

신이 모르는 곳에서 또 다른 이야기가 진행 중이었다.

나는 시실리와 마리아와 헤어진 후 집으로 돌아왔다.

"어서 오십시오, 신 님."

그런 나를 문지기 알렉스 씨가 맞이해주었다. 그 밖에도 몇 명이 교대로 서고 있고, 알렉스 씨는 앞서 개최된 고용인 결정전 문지기 부문의 우승자였기에 경비 주임을 맡았다.

아니, 그러니까 고용인 결정전이라는 게 대체 뭐냐고!

"나 왔어, 알렉스 씨."

"신 님, 역시 도보로 외출하는 건 삼가시는 게 어떻겠습니까. 신 님께 무슨 일이 생긴다는 생각만 해도 전……."

"괜찮아. 조금 전에도 거리에서 불량배들이랑 시비가 붙었는데 아무 문제도 없었는걸."

"불량배! 그런 위험한 짓을 하신 겁니까?!"

"그러니까 괜찮다고 했잖아. 미셸 씨보다 강한 사람만 아니면 문제없어."

"미셸 님…… 전 기사단 총장이신……."

"응, 맞아. 그러니까 너무 걱정하지 마. 그럼 난 이만 들어가 볼게."

"예에……."

후우, 사람들이 날 과보호해서 곤란하다. 이쪽은 얼마 전까지만 해도 숲속에서 야생동물을 사냥하던 인간인데……. 뭐, 걱정해주는 것 자체는 고맙지만 말이지.

저택에 들어가자 이번에는 집사인 스티브 씨가 날 맞이했다.

"어서 오십시오, 신 님."

"다녀왔어, 스티브 씨."

"조금 전에 고등 마법학원에서 이런 게 왔습니다."

"응? 뭐야 이건?"

"고등 마법학원의 입학시험 수험표입니다."

그러고 보니 디스 아저씨가 자기가 말해두겠다고 한 다음부터 전혀 소식이 없어서 궁금하긴 했다. 제대로 말해뒀구나, 아저씨.

"그런가. 드디어 올 게 왔다는 기분이네."

"그렇게 부담감을 느끼지 않아도 신 님이라면 괜찮으실 겁니다. 오히려 수석 합격을 노리실 수 있지 않을까요."

음~ 오늘 마리아에게 들은 이야기로 예상하건대 지금 시점에서도 이미 주목을 받고 있으니 더 눈에 띄는 건 좀…… 그렇다고 해서 턱걸이로 합격하면 할아버지와 디스 아저씨 얼굴에 먹칠하는 꼴이 되겠지.

좋아! 정했다! 시험은 전력을 다해서 보자.

"알았어. 고마워, 스티브 씨."

"아닙니다. 그럼 열심히 하시길. 저희 고용인 일동도 응원하겠습니다."

그렇게 새해가 오고 며칠 후, 나는 알스하이드 고등 마법학원의 입학시험 당일을 맞이했다.

요 며칠간 왕도를 이리저리 돌아다닌 덕분에 학교의 위치는 이미 알고 있었다. 귀족 구역과 평민 구역의 경계점. 귀족이든 평민이든 너나 할 것 없이 다니기 쉬운 위치에 있었다. 그리고 우리 집도 마침 비슷한 위치에 있으니 걸어서 가면 한 15분쯤 걸리려나?

오늘 가져갈 물건은 수험표와 필기도구, 그리고…… 후후후. 마침내 손에 넣은 시민증! 왕도에 들어올 때는 없었던 신분증을 마침에 손에 넣은 것이다!

사실 이 신분증은 굉장한 하이테크……가 아니라, 하이 매지컬을 자랑하는 물건이었다.

개인의 마력 패턴을 인식해서 본인이 아니면 쓸 수 없으니 신분을 확인하기에는 최적의 물건이었다.

그리고 이 알스하이드 왕국에 있는 왕립 은행에서 돈을 넣고 뽑을 때도 쓸 수 있었다.

입출금 내역은 시민증에 직접 기록되고 본인이 아니면 쓸 수 없는 물건인 데다가, 내용을 변경하는 것도 은행에서밖에 할 수 없으니 부정을 저지를 수 없는 강력한 보안체계를 자랑했다.

그런데도 만약 부정행위가 발각된다면 사형에 처한다고 한다.

보안 체계와 신용을 위해 절대로 저촉해서는 안 되는 영역이기 때문이라고…….

참고로 신용 카드 기능은 탑재되지 않았다.

그리고 마물이 발산하는 특정 마력 패턴을 한 달 동안 기록해두는 것도 가능했다. 마물 헌터들은 토벌에 나서기 전에 마물 헌터 조합에 가서 의무적으로 현재의 토벌 정보를 기록한다.

그리고 토벌을 마치고 돌아왔을 때 나가기 전의 기록과

결과를 확인해서 보수를 받는 식이다.

정말 굉장한 물건이다.

나는 그런 하이테…… 하이 매지컬을 자랑하는 물건을 가지고 학교에 도착했다.

학교는 규모만 놓고 보면 약간 큰 사립 고등학교 정도?

신입생을 백 명 정도 모집하는 3년제 교육기관이니 총 3백 명 정도의 학생을 수용하려면 이 정도 규모가 필요했으리라.

그건 그렇다 치고 이렇게 넓은 왕도에서 입학할 수 있는 건 고작 백 명뿐. 여기밖에 고등 마법학원이 없으니 상당히 좁은 문이었다.

자, 그럼 그다지 큰 편은 아니라고는 해도 여기는 학교. 처음 온 사람은 어디에 뭐가 있는지 몰라서 길을 헤매기 마련이라, 나는 안내판 앞에 서서 시험 장소를 찾는 중이었다.

"어이, 네놈. 거기서 비켜."

그건 그렇고 사람 진짜 많네. 이거 교실을 전부 동원해도 부족하지 않으려나?

"어이! 네놈! 내 말을 듣고 있는 거냐!"

음~ 시험장은…… 아, 찾았다. 여기군.

"이 무례한 놈이!"

누군가가 뒤에서 내 어깨를 붙잡았다. 그래서 난 반대로 그 팔을 잡고 상대의 등 쪽으로 비틀었다. 아까부터 시끄럽게 굴던데 이 녀석은 대체 뭐지?

"으악! 네놈! 이게 무슨 짓이냐! 놔라!"

"아까부터 뭐야? 느닷없이 남의 어깨를 붙잡아 놓고 이제 와서 무슨 소리래."

팔을 놓으면서 말하자 금발벽안의 건방져 보이는 애송이가 나를 노려보았다.

"네놈! 난 카트 폰 리츠버그다!"

"응? 예, 전 신인데요."

당돌하게 자기소개를 받았다.

주위에서 쿡쿡 웃는 소리가 들렸다. 어째서?

"네, 네놈! 난 리츠버그 백작가의 적자라고!"

"음? 흐응~ 그러세요?"

"너어! 내게 이런 짓을 하고 그냥 넘어갈 줄 아느냐!"

여기까지 듣고 눈치챘다.

이 도련님은 귀족의 권위를 내세우고 나에게 시비를 거는 거였나. 마법학원 안이니까 설마 했는데 말이지. 그건 그렇고—.

"저기, 카트 군이라고 했던가? 이제 그쯤 해두는 편이 좋지 않아? 귀족이 함부로 권력을 휘두르는 건 엄격하게 금지됐잖아? 엄벌에 처한다는 말도 들었는데."

"기껏해야 마법학원의 교사 따위가 이 몸을 처벌할 수 있을 리 없다!"

오오, 과격한 발언이네. 그러고 보니 디스 아저씨가 국가 반역죄에 준한다는 말도 하지 않았던가?

이건 좀 위험하지 않나? 라고 생각하던 참에 옆에서 누군가가 끼어들었다.

"거기까지다."

"윽! 다, 당신은……."

누구지?

"고등 마법학원에서 사사로이 권력을 휘둘러서 다른 마법사에게 해를 끼치는 일은 우수한 마법사의 싹을 자르는 행위이며, 이것을 어기는 자는 엄벌에 처한다. 이건 고등 마법학원의 교칙이 아니라 왕가가 정한 법률이었을 텐데."

"으, 그……그건."

카트 군이 갑자기 얌전해졌다. 혹시 이 녀석보다 계급이 높은 귀족인가?

"그게 아니라면 조금 전의 발언은 왕가에 반역할 의사가 있다는 걸로 받아들여도 되겠나?"

"서! 설마 그럴 리가요!"

"그럼 이제 조용히 하도록. 여기는 입학시험장이다. 모두를 심란하게 하는 짓은 삼가라."

"아…… 예! 알겠습니다."

그리고 카트 군은 나를 원한이 철철 넘치는 눈으로 쳐다본 후 떠나갔다.

어째서?

"고생했겠군. 괜찮나?"

"응? 아, 전혀 문제없어. 그것보다 마법학원에도 저런 식으로 구는 녀석이 있을 줄은 몰라서 처음에는 전혀 눈치채지 못했지 뭐야."

"풋! 큭큭, 그 자기소개는 걸작이더군."

고위 귀족인 듯한 소년은 즐거운 듯 웃었다.

키는 나와 비슷한 정도? 아, 참고로 내 키는 현재 175센티미터다.

황토색 금발과 파란 눈동자와…… 이걸 도자기 같은 피부라고 하던가? 아무튼 투명한 피부가 인상적인 굉장한 미소년이었다.

"그건 그렇고, 아무리 고등 마법학원이 귀족의 횡포를 용납하지 않는다고 해도 실제로 당하면 겁을 집어먹는 게 대부분인데 말이지."

"아, 난 그런 권위 같은 거랑 그다지 관계없는 입장이니까. 그리고 저걸 횡포라고 하기엔 좀 미묘하지 않아? 박력도 별로 없었는데."

"흠, 들었던 대로 정말 세상 물정을 모르는 것 같군."

"들었던 대로?"

누구에게?

"아, 자기소개가 늦었군. 내 이름은 아우구스트. 아우구스트 폰 알스하이드다. 친한 사람은 오그라고 부르지. 신, 너에 대해선 아바마마께 자주 들었다."

"어?! 그렇다는 건 네가 디스 아저씨 아들이야?"

응? 갑자기 주위가 조용해졌다.

"크크크, 디스 아저씨 아들이라…… 그런 식으로 불린 건 처음이군. 지금까지는 내가 왕자라는 사실을 밝히면 갑자기 겸손하게 굴거나 아첨하는 녀석들이 대부분이었다만."

"그야 난 디스 아저씨를 지금까지 쭉 친척이라고 생각했는걸. 아저씨의 아들이라면 사촌? 정도의 감상밖에 없는데."

"크크크, 아하하하하!"

갑자기 폭소를 터트렸다.

"그런가, 사촌이라. 그러고 보니 아바마마께 네 이야기를 들었을 때 신기한 기분이 들더군. 사촌이라는 말을 들어도 위화감이 없어. 아니, 오히려 납득이 가는군. 그래. 사촌인가."

"뭔지 잘 모르겠지만 기뻐해 주니 다행이네."

"후후, 이렇게 겨우 만났으니 좀 더 이야기를 나눠보고 싶은 참이다만 슬슬 움직이지 않으면 시험에 늦지 않을까?"

"어, 아! 정말이네. 이제 가야겠어."

"그럼 서로 열심히 해보자. 다음에 만나는 건 입학식 때려나?"

"하하, 그렇게 될 수 있도록 노력할게. 아니, 그냥 우리 집에 놀러 와도 괜찮은데."

“이제 곧 왕태자 책봉식이 기다리는 입장이라 함부로 돌아다닐 수는 없어서.”

“그래? 디스 아저씨는 자주 놀러 오던데.”

“아바마마…….”

어깨를 축 늘어트리는 오그와 헤어진 나는 시험장으로 이동했다.

◇

신, 카트, 아우구스트를 에워싸듯 모인 구경꾼 중에는 마리아와 시실리도 있었다.

“잠깐, 모처럼 신을 찾았나 싶었는데 왜 하필이면 저 녀석이랑 시비가 붙은 거냐구!”

마침 신이 카트와 시비가 붙은 상황이었다.

“아…… 신 군, 괜찮으려나…….”

“저 녀석은 선민의식의 화신 같은 전형적인 바보니까…… 성가신 일로 발전하지 않았으면 좋겠는데.”

두 사람은 카트를 알고 있는 모양이었다.

“어? 잠깐! 저건!”

“설마, 아우구스트 전하?!”

그리고 아우구스트가 사태를 종결짓자 구경꾼들은 시험장 쪽으로 뿔뿔이 흩어졌다.

마리아와 시실리는 그 인파를 따라 이동하면서 계속 이야기를 나눴다.

"신 군은 대체 정체가 뭘까?"

"나도 왠지 궁금하네. 아우구스트 전하가 저렇게 즐겁게 이야기하는 모습은 처음 봤어."

"응."

"그것보다…… 문제는 그 녀석이겠네. 설마 이 학교로 왔을 줄이야."

"응……."

"잘 들어, 시실리. 만약 그 녀석한테 무슨 짓을 당하면 바로 나한테 말해. 아니, 당하지 않아도 꼭 말해."

"당하지 않아도, 라니……."

"흐음~ 아! 맞아! 신이랑 같이 다니면 되겠다!"

"응? 뭐어어?! 신 군이랑?!"

"응! 싫은 녀석이 계속 쫓아다닌다고 하면 분명 도와줄 거야! 강한 데다 귀족은 물론이고 왕족에게조차 위축되지 않는 애니까!"

"그치만…… 틀림없이 폐를 끼칠 텐데."

"괜찮다니까 그러네. 아마 신은 곤란한 상황에 처한 여자애를 못 본 척할 녀석이 아닐 테니까. 요전에 만났을 때 그런 녀석이라고 확신했어. 오히려 앞장서서 지켜주지 않을까?"

"하지만 뭐랄까…… 그건 신 군의 다정함을 이용하는 것 같아서…….”

“맞아. 이용하는 거야. 잘 들어, 시실리. 난 확실히 신을 좋은 녀석이라고 생각해. 하지만 난 네가 더 중요하다구.”

“마리아…….”

“게다가 함께 있다 보면 관계가 진전될지도 모르잖아?”

“응? 아! 얘가 진짜!”

신이 모르는 곳에서 소녀들의 계획이 진행되었다.

◇

그 후에 나는 시험장에서 필기시험을 봤다. 역시 사람이 가득했다.

끝.

필기시험에 더 언급할 게 있나?

그리고 실기시험이 시작되었다.

시험은 실내 연습장에서 치러졌다. 과제는 설치된 표적을 파괴하는 것. 파괴하지 못해도 마법의 숙련도가 어느 정도인지 보는 모양이었다.

수험번호 순서대로 다섯 명씩 실내 연습장에 들어가 한 명씩 마법을 선보이는 방식이었다.

첫 번째 사람이 수험표와 시민증을 시험 감독관 선생님에게 건넸다.

검은 로브를 입은 시험 감독관은 어깨까지 내려오는 검은 머리에 안경을 쓴 여선생이었다.

검은 양복을 입으면 왠지 비서처럼 보일 것 같은 분위기의 사람이었다.

“그럼 자신이 가장 자신 있는 마법을 전력을 다해 써보도록.”

“예! 잘 부탁드립니다!”

오오, 동년배가 쓰는 마법은 처음 본다. 과연 어떤 마법을 쓸까?

『모든 것을 불태우는 불꽃이여! 이 손에 모여서 적을 쏴라!』

…….

『파이어 볼!』

…….

퐁!

…….

“후우.”(의기양양한 표정)

……부끄러워! 듣는 내가 다 부끄럽다고! 저게 뭐야? 영창이라는 게 저런 거야? 게다가 파이어 볼이라니…… 전형적인 것도 정도가 있지! 쏘기 전까지는 거창했는데 효과는 미묘해! 그런데도 왜 저런 의기양양한 표정을 짓는 거지?

이건 위험하다. 모두의 기대에 보답하기 위해 전력을 다해볼까 싶었는데, 그랬다간 분명 다들 이상한 눈으로 쳐다볼

거 같다. 전력을 다하는 건 포기하자.

그리고 시험은 계속 진행되었다.

『미쳐 날뛰는 수류여! 한곳에 모여 쓸어버려라!』

『워터 숏!』

…….

『바람이여 춤춰라! 바람이여 불어라! 모든 것을 쓸어버리는 일진광풍을 일으켜라!』

『윈드 스톰!』

…….

『어머니인 대지여 힘을 빌려다오! 적을 물리칠 돌조각이 되어라!』

『어스 블래스트!』

……으어어…… 괴롭다……. 이건 완전히 중2병 발표회잖아?!

듣고 있기만 해도 먼 옛날의 흑역사가 되살아나는 기분이다…….

남모르게 정신에 대미지를 입고 있자니 어느새 앞의 네 사람이 끝나고 내 차례가 왔다. 자, 그럼 어떤 마법을 써볼까?

"자, 그럼 다음은……."

내 수험표와 시민증을 본 감독관 선생님이 한순간 눈을 크게 떴다.

"네가…… 흠. 그럼 자신이 가장 자신 있어 하는 마법을 전력을 다하라고…… 말하고 싶은 참이지만, 네 경우는 주의를 줘야겠군."

주의? 어째서?

"넌 저 표적을 파괴할 수 있는 정도의 마법이면 충분해. 아무쪼록 이 훈련장을 파괴할 정도의 마법은 쓰지 말도록."

……디스 아저씨. 대체 내 이야기를 어떤 식으로 전한 거야…….

이 역차별 취급에 약간 기분이 침울해졌지만 나는 곧 정위치 위에 섰다.

표적은 팔다리가 없는 마네킹 같은 모습이었다.

지금까지 학생이 쓴 마법을 견뎌냈을 정도니 내구도는 그럭저럭 높은 듯했다.

그렇다고는 해도 불공평하지 않게 매번 신품으로 교체하는 걸 봐선 비싼 물건은 아닌 듯했다.

그렇다면…… 그걸 써볼까.

그리고 나는 푸르스름한 불꽃을 아주 작게 해서 하나만 만들었다.

무영창으로 마법을 발동한 모습에 주위가 술렁거렸다.

나는 그 불꽃을 길고 가늘게 늘려서 탄환처럼 발사했다.

엄청난 스피드로 발사된 불꽃 탄환은 허공에 푸르스름한 궤적을 그리면서 표적으로 빨려 들어갔다.

콰아아앙!

표적은 굉음을 울리며 산산이 터져나갔다. 그리고 표적을 파괴한 탄환은 기세를 잃지 않고 뒤에 있는 벽에 충돌했다.

아, 저건 위험한데.

콰아아아아아앙!

벽에 처리해둔 마력 장벽에 부딪치자 연습장 전체가 격렬하게 뒤흔들렸다.

그리고 떨림이 가라앉은 후 주위의 반응은— 그야말로 아연실색이라고 밖에 표현할 말이 없었다. 선생님에게 혼나지는 않으려나?

"……하나만 물어보죠. ……방금 그 마법은 전력을 다한 건가요?"

"예? 선생님이 연습장을 파괴하지 말라고 하셔서 꽤 약하게 쓴 건데요."

"……저, 저런 데도 꽤 약하게 쓴 거라구요?"

"예."

"……그렇습니까. 알겠습니다. 시험은 이걸로 종료하겠습니다. 여러분, 고생 많으셨습니다."

다행이다. 혼나지 않고 끝났네.

그 사실에 안도한 나는 마리아와 시실리를 찾는 걸 깜빡한 채 집에 돌아오고 말았다.

으아아아! 나란 녀석은 진짜!

◇

시험이 전부 끝나자 마법학원의 교사들이 한자리에 모였다.

“그 정도로 굉장했던 건가? 『현자의 손자』는.”

“굉장하다는 말로는 부족할 정도더군요. 힘을 억눌러서 가볍게 쓴 마법으로도 연습장을 파괴할 뻔했으니까요.”

“그, 그 정도야?”

“예. 게다가 무영창이라 발동은 순식간에 이루어졌습니다.”

“이봐, 그 녀석에게 우리가 가르칠 게 있기는 해? 오히려 우리가 가르침을 받고 싶을 정도인데.”

“그건 저도 마찬가지입니다. 폐하께서도 처음부터 인간관계를 배우려고 입학한 거라고 말씀하셨으니 수업 시간에는 다른 학생들의 본보기로 삼고, 그 후에는 연구실이라도 만들어줘서 거기에 사람을 모아 인간관계를 배우게 하면 되지 않을까요?”

“오오! 그거 좋군. 연구실이라면 우리가 찾아가도 부자연스럽지 않을 테고.”

“그러네요. 그렇다면 그 방향으로 진행해보죠.”

“예. 그런데 입시 순위는 어떻게 됐죠?”

“필기도 봤습니다. 아직 채점 중이지만 거의 만점이라는 것 같더군요.”

“그렇다는 건…….”

"예. 올해의『입시 수석』은 정해졌네요."

◇

오그가 우리 집에 왔다. 디스 아저씨와 함께.

할아버지와 처음 만난 오그는 감격해서 눈물을 글썽거렸다. 실감은 안 나지만 역시 할아버지는 굉장한 사람인가 보다.

오그의 여동생도 오고 싶다고 떼를 쓴 모양이었지만 오늘은 놀러 온 게 아니라서 왕성에 두고 왔다고 한다. 오그는 그 절망한 얼굴이 아주 볼만했다고 말했다. 이 녀석, 의외로 성격이 고약하다.

참고로 열 살이며 할머니를 동경한다는 모양이다.

그럼 두 사람이 무슨 이유로 온 거였냐면—.

"슬슬 가볼까."

오늘이 입시 합격 발표 날이었기 때문이다. 전에 오그에게서 같이 가자는 연락을 받았기에 오늘은 우리 집까지 온 것이었다.

참고로 연락을 전해준 건 디스 아저씨였다.

국왕님…….

학교로 가는 건 나와 오그 둘 뿐. 할아버지가 가면 그야말로 난리가 벌어질 테고 국왕님은 두말할 것도 없으리라. 그래서 할아버지와 디스 아저씨는 집에 남기로 했다.

디스 아저씨는 대체 왜 온 걸까?

거리를 걷고 싶다는 오그의 요청이 있었기에 오늘은 학교까지 걸어가기로 했다. 여기서 가깝기도 하고…….

오늘은 오그의 호위가 없었다.

내가 있으면 호위 따윈 필요 없다는 말을 들었다.

신뢰해주는 건 기쁘지만 그래도 괜찮은 거야, 왕족?

처음으로 호위를 동반하지 않고 자유롭게 거리를 걷게 된 오그는 해방감 때문인지 틈만 나면 이리저리 구경하러 돌아다녔다. 그래서 15분이면 도착했을 거리를 30분이나 들여서 학교에 도착했다.

학교에 도착한 우리 둘의 손에는 꼬치구이가 들려 있었다.

"오, 다들 모여 있군."

왕자님은 꼬치구이를 우물거리면서 중얼거렸다.

"그러네~."

영웅의 손자는 소스가 묻은 손가락을 핥았다.

응, 누가 있었으면 틀림없이 혼났을 거다.

우리는 다 먹은 꼬치구이의 막대기를 이공간에 던져 넣은 후, 합격자가 기재된 게시판 쪽으로 이동했다.

우글거리는 인파를 헤치며 게시판 앞에 도착했다. 음~ 내 번호는…….

"아, 있다."

"나도 있군."

둘 다 무사히 합격한 모양이었다.

나는 오그와 하이터치를 한 후 합격자 접수를 하는 줄에 섰다. 여기서 교과서와 교복을 수령해야 한다. 어느 반에 배정됐는지도 여기서 알려준다고 했다.

줄은 순조롭게 줄어들었고 이윽고 내 차례가 왔다. 옆줄에는 오그가 나란히 서 있었다.

"예, 다음 분."

나는 접수원 누나에게 수험표와 시민증을 제시했다.

"예, 확인했…… 어라? 당신…… 당신이 신 월포드 군이군요."

"예."

"흠~, 당신이 그 소문이 무성한 현자의 손자였군요. 그럼 자, 이게 교과서입니다. 이게 책 목록이니까 확인해 보고 만약 빠진 게 있으면 바로 말씀해주세요. 그리고 당신의 교복도 여기 있습니다. 시민증에 기록된 신체 데이터를 참조했으니 치수는 딱 맞을 거예요. 만약 조금이라도 사이즈가 맞지 않는다면 반드시 말해주세요. 이 제복에는 다양한 방어 마법이 부여되어 있으니까 혹시라도 스스로 고치지는 말구요."

나는 누나의 설명을 들으면서 교복과 교과서를 받았다.

"우리 할머니가 고쳐도 안 되나요?"

"당신의 할머님이라면…… 아, 멜리다 님 말씀이군요. 그 분이라면 문제없겠네요."

그럼 내가 해도 괜찮겠지? 마(魔)개조해버려야지.

참고로 난 『S클래스』라고 한다.

입학식 날짜와 시간, 입학식에 필요한 물건이 기재된 프린트를 받고 등을 돌리려는 참에 누나가 날 불러 세웠다.

"아, 그리고 월포드 군은 입시 수석이니까 입학식에서 신입생 대표로 인사를 하게 됐습니다. 그러니 무슨 말을 할지 생각해 오세요."

내 귀가 이상한 말을 들었다.

"신입생 대표…… 인사라고요?!"

"예."

누나는 눈부신 미소로 긍정했다.

아니, 잠깐 기다려 봅시다.

"저기, 이번 신입생 중에는 오그…… 아우구스트 전하가 계시잖아요? 이번에는 누가 봐도 전하가 하셔야죠."

대표 인사 같은 건 전생에서도 경험해본 적이 없었다. 현생은 두말할 것도 없고……. 오그에게는 미안하지만 나 대신 희생해줘야겠다.

"이봐, 그게 무슨 소리야? 『입시 수석』 군. 이 유서 깊은 알스하이드 고등 마법학원에서 입시 수석이 신입생을 대표로 인사하는 건 학교 창립 이래의 전통이라고? 그 기회를 내 욕심으로 빼앗는다면 나는, 아니. 왕가로선 씻을 수 없는 수치로 기록될 거다."

그러자 옆줄에 있던 오그가 정론에 가까운 말로 반박했다.

실실 웃으면서…….

야! 너 지금 이 상황을 재미있어하는 거지! 이 녀석, 역시 성격이 고약해!

"너, 너어……."

"아우구스트 전하께서 말씀하신 대로입니다. 이곳은 신분에 귀천이 없는 완전 실력주의 학교. 왕가의 분이라도 예외는 아니에요. 국왕 폐하께서 재적하셨을 때도 대표 인사는 다른 분이 하셨다고 들었는걸요."

완전히 퇴로가 차단되고 말았다.

"뭐, 그런 거니까 무슨 인사를 해야 좋을지 열심히 고민해봐."

오그는 내가 지금까지 본 것 중에 가장 멋진 미소를 지으면서 말했다.

진짜 내가 하는 거야? ……입학식에서 신입생 대표 인사를 해야 한다는 충격적인 사실에 좌절한 나는 또 마리아와 시실리는 찾는 걸 깜빡했다. 게다가 그걸 집에 와서야 깨달았다.

……이 나이에 벌써 건망증인가.

◇

자신이 신입생 대표로 인사해야 한다는 사실에 풀이 죽은 신은 자신이 섰던 줄 옆을 터벅터벅 걸어갔다.

줄을 선 사람들은 그 모습을 흥미 깊게 쳐다보았다.

그리고 그중에는 마리아와 시실리도 있었다.

"아아~ 역시 입시 수석은 무리였나."

"굉장하네. 체술도 굉장했는데 마술도."

시실리는 싱글벙글 웃으면서 떠나가는 신의 모습을 눈으로 좇았다.

"시실리~ 신한테 말 안 걸어도 돼?"

"아, 응…… 괜찮아. 무슨 말을 해야 좋을지도 모르겠으니까……."

"무슨 소리야? 모처럼 시험에 합격했다는 공통 화제가 생겼는데."

마리아의 말을 들은 시실리는 그제야 깨달았는지 눈을 크게 떴다.

"그러고 보니……."

"이제야 깨달은 거야?"

"세상에…… 내가 뭘 한 거지."

"글쎄 말야."

왕국 유수의 명문 학교에 합격해서 희희낙락한 주위 사람들과 달리 시실리만 침울한 분위기를 자아냈다.

"정말, 왜 이러는 걸까……."

◇

침울한 얼굴로 집에 돌아오자 다들 떨어진 거냐며 날 걱정해줬지만, 수석이 되는 바람에 신입생 대표 인사를 맡게 된 게 우울하다고 말했더니 이번에는 수석이 된 거냐며 굉장하다고 축복해주었다.

"허허, 신입생 대표라니. 애썼구나, 신."

"우리가 가르쳤으니 이쯤이야 당연하지. 그래도 장하구나."

할아버지와 할머니도 밝게 웃으면서 칭찬해주었다.

"역시 대단하시군요, 신 님."

"신 님이라면 당연하지요."

"제가 보기엔 기사 양성 사관학원 입시를 쳤어도 수석이셨을 것 같습니다만."

마리카 씨와 스티브 씨와 알렉스 씨도 칭찬해주었다. 알렉스 씨는 뭔가 좀 뉘앙스가 달랐지만…….

"아바마마, 수석을 놓쳐서 죄송합니다."

"아, 응. 상대가 신 군이라면 어쩔 수 없지. 저 녀석은 정말로 규격 외니까 말이다. 그보다 그동안 수고 많았다. 게다가 S클래스라고? 나는 네가 자랑스럽구나."

디스 아저씨는 뭔가 더 심한 소리를 했다.

"그보다 신 군. 대표 인사 정도로 그렇게 풀 죽을 필요는 없지 않느냐."

"그게, 아바마마. 풀이 죽은 이유는 그것만이 아닌 모양이더군요."

"그렇다는 건?"

"아무래도 지인을 찾는 걸 깜빡한 모양입니다."

"지인…… 호오…… 여자인가."

"저도 그렇게 생각합니다."

해죽해죽x2.

이 부자, 짜증 나!

왜 제멋대로 판단해서 말하는 건데?! 아니, 정답이지만!

"그래서? 어떤 애였지?"

"아, 길고 예쁜 파란 머리카락에 얼굴은 조그마한 데다, 눈은 크고 살짝 처진 느낌이었는데 키는 155센티미터 정도였어. 몸매도 훌륭한 엄청난 미소녀였지."

"아니…… 그렇게까지 자세히 물어본 건 아니다만……."

"음, 평범하게 대답하니 오히려 재미가 없군."

진짜 이 부자는 고약한 성격까지 쏙 빼닮은 꼴이었다.

"허허, 왕도에 오자마자 벌써 다양한 경험을 한 모양이로구나. 좋은 경향이로고."

"신, 나중에 그 애를 꼭 우리 집으로 한 번 데려오렴. 내가 어떤 앤지 확인해줄 테니까."

원래 나에게 인간관계와 사회를 배우게 하려고 왕도로 온 거였으니 할아버지는 무척 기꺼워했다.

할머니는 왠지 무서웠고…….

그리고 난 다음 날부터 어떤 인사를 해야 좋을지 고민하기 시작했다. 쉴 틈 따윈 전혀 없었다.

◇

어느 귀족의 저택.

조금 전에 마법학원에서 합격 발표를 듣고 돌아온 소년이 방으로 들어갔다.

"내가 A클래스……? S가 아니라 A라고……? 말도 안 돼……. 게다가 나에게 창피를 준 그 녀석이 신입생 대표라고……? 웃기지 마…… 웃기지 말라고……. 뭔가 부정을 저지른 게 틀림없어……. 학교의 선생들도 한 패거리일 거야……. 그게 아니라면 내가 이런…… 이런 꼴을……. 용서 못 해……. 용서 못 해……. 용서 못 해……."

어두운 방 안에서 증오와 분노가 담긴 혼잣말이 메아리쳤다.

◇

자, 오고야 말았다. 와 버렸단 말입니다. 입학식 날이요.

어제는 긴장……했지만, 아주 푹 잘 잤다.

뭐랄까, 이제 와서 허둥지둥해봤자 어쩔 수도 없는 노릇이니 각오를 다지고 무슨 인사를 할지 결정했다. 이젠 될 대로 되라지.

오늘은 마차를 타고 학교에 갔다. 왜냐하면 오늘은 할아버지와 할머니가 보호자로서 동행하기 때문이다.

걸어서 갔다간 난리가 날 게 뻔하니 왕궁에서 직접 마차를 보내줬다. 게다가 이게 또 전생에서는 박물관에서나 봤을 법한 엄청나게 호화로운 마차가 아닌가.

탑승감은 굉장히 좋았지만 마음은 몹시 불편했다.

오늘 난 당연히 교복을 입고 있었다.

파란 상의와 검은 바지, 올해 1학년의 넥타이는 붉은색이었다. 2학년은 파란색 넥타이를 매고 3학년은 녹색을 맨다고 한다. 그러니 내년 신입생은 녹색 넥타이를 매게 되는 셈이다. 여자는 검은 주름치마에 넥타이 대신 리본을 맸다.

사실 이 왕도에는 고등학원이라 불리는 교육 기관이 또 있었다. 『기사 양성 사관학원』과 『고등 경법학원』이 바로 그거다.

기사 양성 사관학원은 이름 그대로다. 왕국을 지키는 병사들을 지휘하기 위한 기사를 양성하는 학교다. 주로 신체 능력이 뛰어난 남녀가 들어간다. 남녀의 비율은 9대 1 정도라고. 미셸 아저씨와 크리스 누나의 모교이기도 했다. 교복은 같은 디자인에 상의만 붉은색으로 맞춰 입는다는 모양이었다.

고등 경법학원은 경제와 법률을 배우는 학교다. 즉, 상인과 문관을 육성하는 교육기관인 셈이다. 왕국의 두뇌집단이라고도 불리는 그들은, 전투능력은 없지만 그들이 존재하기에 국가체제를 유지할 수 있다는 평가를 받고 있다. 남녀의 비율은 거의 5대 5. 상인 톰 아저씨도 여기 출신이다. 교복은 역시 같은 디자인이고 상의만 녹색이라고 한다.

냉정의 『파란색』.

열혈의 『붉은색』.

지식의 『녹색』.

통틀어서 알스하이드 왕국 삼대 고등학원이라고도 불린다.

그 밖에 귀족이나 부유층이 다니는 학교도 있지만 나와는 관계가 없는 곳이니 생략하겠다.

그리고 오늘 할아버지는 처음 보는 호화로운 망토를 걸치고 있었다. 이건 나라에서 『훈일등』 훈장과 함께 하사받은 망토라고 한다. 하얀 천 가장자리에 금색으로 자수가 놓인 보기에도 멋진 망토였다. 그걸 하얀 군복 같은 옷 위에 걸쳤다.

할머니가 걸친 것도 같은 망토였다. 망토 아래에는 옅은 하늘색 드레스를 입었다. 원판이 미인인 데다가 몸매도 훌륭하다 보니 엄청 잘 어울렸다. 할머니라 불릴 나이인데도 고용인 중에는 그 자태에 넋을 잃은 사람까지 있었다.

그리고 평소에 애용하는 가는 은테 안경이 아니라 드레스의 색에 맞춘 파란 테 안경을 쓰고 있었다.

걸어서 15분 정도면 도착하는 거리이다 보니 마차는 5분 남짓한 사이에 도착하고 말았다. 마차에서 내린 우리……라기보다는 할아버지와 할머니를 본 사람들이 웅성거리기 시작했다.

역시 학교에도 두 사람의 손자가 입학한다는 소문이 퍼졌는지 점차 나에게도 호기심 섞인 시선이 모였다.

그 불편한 시선을 견디고 있을 때 학교 직원이 와서 우리를 입학식장으로 안내해주었다. 후우…… 살았다. 하마터면 참다못한 할머니가 화를 낼 뻔했다.

"이놈이고 저놈이고 진짜! 난 구경거리가 아니라고!"

아, 늦었네.

"미안하구나. 신이 주목을 받아야 할 자리를 소란스럽게 해서."

"정말이지! 이러다 신이 긴장해서 대표 인사에서 실수라도 하면 어쩌려고 이러는지!"

응. 호흡이 딱 맞네. 그냥 재혼하시지 그래요.

아니, 그보다 할머니. 그런 복선은 깔지 말라고요.

그렇게 두 사람은 입학식장으로 떠났고, 신입생인 나는 입장하기 전에 집합해야 하는 장소로 이동했다.

"안녕, 신. 긴장하지는 않았어?"

"아, 오그. 아니, 뭐. 난 괜찮은데."

집합장소에 도착하자 먼저 와 있던 오그가 말을 걸었다.
그 후로도 가끔 만난 덕분에 서로 허울 없는 말투를 썼다.
"오늘은 신입생, 재학생, 그리고 국왕이신 아바마마, 이 나라의 귀족과 중진들이 모두 모였지만 전혀 긴장할 필요는 없어."
"아니, 그러니까……."
"신입생 수석인 너는 틀림없이 훌륭한 인사를 하겠지. 벌써 기대가 되는군."
이, 이 녀석…… 일부러 이러는 거다. 일부러 날 긴장하게 만들려고 유도하고 있어!
"오그! 너어!"
"어라? 왜 그래, 신. 갑자기 흥분하기는."
"일부러지?! 너 일부러 이러는 거지?"
"하하하! 그게 무슨 소리야?"
"이 자식이!"
"거기! 이제 곧 입학식인데 뭘 그렇게 시끄럽게 떠들고 있는 거냐!"
""죄송합니다.""
"나 원 참. 자, 이제 곧 시작할 거니까 줄이나 서라."
선생님에게 혼이 나고 말았다.
"오그…… 너 때문에 입학하자마자 꾸지람을 들었잖아."
"큭큭큭…… 뭐, 너무 화내지 마. 덕분에 긴장은 좀 풀렸지?"

그러고 보니…… 할머니의 말 때문에 약간 동요했던 마음은 어느새 차분히 가라앉아 있었다.

"오그, 너……."

"뭐, 우연이지만!"

"오그, 너 인마!"

"거기! 적당히 좀 해!"

""예! 죄송합니다!""

오그는 아직도 웃고 있었다. 처음 만났을 때부터 예상은 했지만 상당히 성격이 고약한 녀석이었다.

무슨 일이 있을 때마다 날 놀려대는 통에 늘 추격전이 벌어지곤 했다.

처음으로 생긴 또래의 친구……라기보다는 사촌 같은 나와 노는 게 즐거워서 어쩔 줄 모르는 인상을 받았다.

일단 언급해두겠지만, 우린 둘 다 이성애자다!

나는 아직 만난 적 없지만 오그에게는 약혼자가 있다면서 가끔 자랑을 듣기도 했다. 나도 될 수 있으면 시실리랑 친해지고 싶은데…….

그러고 있자 뒤에서 누군가가 말을 걸어왔다.

"저, 저기…… 신 군. 오, 오랜만이에요."

바로 그 시실리였다.

"안녕, 시실리. 너도 합격했나 보네. 그리고 마리아도."

"사람을 덤처럼 말하지 마!"

"미안 미안. 입학시험 날이랑 합격발표 날에도 못 봐서 어떻게 된 건지 궁금했었어."

"전 봤는데…… 말을 걸만한 분위기가 아니라서……."

"응? 아~ 그때?"

카트 군이 시비를 걸었을 때와 신입생 대표를 맡으라는 말을 들었을 때인가.

하긴 그땐 주위가 좀 어수선했다.

"그것보다 이 줄에 섰다는 건……."

"맞아. 우리도 『S클래스』야. 수석 씨."

"예, 같은 반이에요."

시실리가 기쁘게 웃는 얼굴을 보고 넋을 잃자—.

"신, 네가 말했던 여성이 그 아가씨야?"

야, 인마! 분위기 좀 읽어!

나는 오그의 발언에 기겁했지만 그는 두 사람을 보고 뭔가 생각나는 게 있는 눈치였다.

"응? 분명 너희들은……."

아는 사이인가?

"오랜만에 뵙습니다, 아우구스트 전하. 메시나 백작가의 마리아입니다."

"오랜만에 뵙습니다, 아우구스트 전하. 클로드 자작자의 시실리입니다."

백작과 자작?! 귀족이었어?

"어? 시실리는 그렇다 쳐도 마리아도 귀족?"

"잠깐! 그거 너무하지 않아?!"

"후훗."

아, 시실리는 내 반응이 재미있었나 보다.

"그런데 왜 안 말해준 거야?"

"그야 귀족 영애라고 밝히면 갑자기 태도를 바꾸는 사람이 많은걸."

"맞아요. 데면데면해진다고 해야 하나…… 거리감이 느껴질 때가 많거든요."

"흥~ 그런가?"

"네가 특수한 경우인 것뿐이야. 너희들, 이 녀석에게는 권위와 일반상식이 통하지 않으니까 그런 건 신경 쓰지 않아도 돼."

"예? 전하. 그게 무슨 말씀……."

"거기! 조용히 하라고 했지! 들어간다!"

마리아가 뭔가 말하려고 한 타이밍에 선생님의 호통이 들렸다.

그리고 우리는 재학생, 교사, 보호자, 내빈의 박수를 받으며 입학식장에 입장했다.

단상에서 내빈과 재학생 대표와 학원장이 인사를 했지만 전혀 귀에 들어오지 않았다.

내 일만으로도 벅찼다.

그리고…… 마침내 내 차례가 오고야 말았다.

『그럼 이어서 신입생 대표 인사가 있겠습니다. 올해 입시시험 수석 합격자 신 월포드 군.』

"예!"

"어……?"

"월포드?"

"그래. 신 월포드. 바로 그 영웅의 손자다."

"""아!"""

오그가 시실리와 마리아에게 뭔가 설명을 시작했다. 어? 그러고 보니 말한 적 없었나?

그런 것보다 먼저 대표 인사다. 나는 긴장하면서 단상으로 올라갔다.

입학식장은 이상할 정도로 소란스러웠다. 부탁인데 좀 조용히 해주면 안 될까.

『신입생 대표로 이 자리에 서게 된 신 월포드입니다. 오늘 같은 화창한 날에 보호자, 내빈 분들께서 지켜보시는 와중에 교사, 재학생 여러분들의 환영을 받으며 이 알스하이드 고등마법학원에 입학한 게 된 것을 무척 기쁘게 생각합니다.』

『전 어릴 적부터 조부모와 지인들에게 다양한 것을 배웠습니다. 하지만 조부께서 숲속에 은거하신 관계로 세상 물정을 모른 채 자라왔습니다. 그런 와중에 어느 분께서 제게 이렇게 말씀해주셨습니다. 학교에 들어가서 상식을 배우고 오라고요.』

『왕도에 온 후부터 제 환경은 극적으로 변화했습니다. 벌써 친구도 몇 명이나 생겼습니다. 학교에 입학하면 더 많은 만남이 기다리고 있겠지요. 전 그게 너무나도 기대됩니다. 그럼 공부는? 이라는 말을 하실지도 모르겠습니다만, 제게 소중하고 중요한 건 사람과의 만남입니다. 하지만 공부 또한 중요하다고 생각하시는 분도 있겠지요. 물론 공부도 소홀히 할 생각은 없습니다. 전 앞으로 만나게 될 학우들과 절차탁마하는 관계를 쌓아가고 싶습니다.』

『그러므로 여러분. 세상 물정 모르는 철부지라고 해서 따돌리지는 말아주세요. 그랬다간 울어버릴지도 모릅니다.』

『보호자, 내빈 여러분. 우리를 늘 따뜻하게, 때로는 엄격하게 지켜봐 주십시오. 교사, 재학생 여러분. 건방진 학생, 후배라고 생각하실지도 모르겠으나 부디 괴롭히지는 말아주세요. 3년 후에 더욱 크게 성장해서 날개를 펼칠 수 있도록 우리는 열심히 배워나갈 테니 앞으로 많은 지도편달 바랍니다. 신입생 대표, 신 월포드.』

그리고 꾸벅 고개를 숙였다.

그러자 큰 박수갈채가 일어났다.

다행이다. 이걸로 겨우 무거운 짐을 내려놨다. 그렇게 자리로 돌아가자 오그가 숨죽여 웃고 있었다.

"크크크, 아하하! 하하하하하!"

결국 폭소를 터트렸다.

"뭐야? 뭐가 그렇게 웃기는데?"

"하아하아, 그야 너. 대표 인사말에 농담을 섞다니, 그런 건 전대미문이라고? 다른 사람이 인사할 때 못 들은 거야?"

"뭐?! 그런 거였어?"

"예…… 그러네요. 저도 거의 들어본 적이 없어요……."

"거의가 아니지. 난 처음 들었는걸."

마리아도 웃었다.

진짜? 으아, 학생들은 웃고 있지만 보호자, 내빈, 교사들은 쓴웃음을 짓고 있잖아!

내가 대형 사고를 친 건가?

인사말에 농담을 섞으면 안 된다니, 내가 그걸 어떻게 아냐고!

의지할 만한 건 전생의 기억밖에 없었는데, 내가 기억하기로는 인사말에 가벼운 유머를 섞는 게 기본이었다.

나는 처음으로 알게 된 이 세계의 상식과 공공장소에서

대형 사고를 저질렀다는 사실에 머리를 감싸 쥐고 좌절할 수밖에 없었다.

"이야~ 난 재미있었는걸? 이런 장소에서 하는 인사말은 지루한 데다 졸리기까지 하니까."

그러자 누군가가 말을 걸어왔다. 이 근처에 있다는 건 같은 S클래스 학생인가?

"난 앨리스. 앨리스 코너야. 잘 부탁해, 신 월포드 군."

"아, 나야말로 잘 부탁해."

"네 인사는 적어도 나한테는 재미있었어. 초등학원이나 중등학원 때는 이런 자리가 고통스러워 견딜 수 없었으니까 나처럼 느끼는 학생들도 많을걸? 조금 전부터 학생들은 거의 다 웃고 있으니 앞으로 널 흉내 내는 사람도 많아지지 않을까?"

"……그래?"

"응. 그런데 월포드 군."

"그냥 신이라고 불러."

"그럼 신 군. 네가 그…… 멀린 님과 멜리다 님의 손자 맞지?"

"맞아."

"오늘 여기 오셨어?"

"아마 보호자석에 계실걸……."

이건 그건가? 소개해달라는 뜻?

"그런가~. 역시 앞으로 같은 반이 될 테니 인사하러 찾아 뵙는 편이 좋겠지?"

같은 반 학우의 보호자에게 인사해야 한다는 의무가 있다는 건 오늘 처음 들었는데…….

"아! 치사해! 나도 가고 싶은데!"

"저도 가고 싶어요."

"나도 가고 싶어."

"나도오~."

"소인도 가고 싶소이다."

방금 누구야?! 소인?! 네가 무슨 무사야?!

"호오? 이 학교에는 학우의 보호자를 찾아가서 인사해야 하는 의무가 있는 건가?"

"아, 아우구스트 전하……."

"그럼 당연히 아바마마께도 인사를 드리러 가야겠군."

"아, 아뇨! 그런 황송한 일은!"

"그럼 바보 같은 소리는 그만하고 조용히 해. 아까부터 교사들이 노려보고 있잖아."

어? 우와! 엄청 노려보고 있잖아. 오늘은 계속 혼나기만 하네.

"입학식이 끝나면 교실로 갈 테니 못 다한 말은 거기서 하도록."

"아, 예. 죄송합니다……."

"미안, 오그. 덕분에 살았어."

"뭐, 별거 아니야."

역시 이 녀석은 디스 아저씨의 아들이다. 이럴 때는 무지 멋있단 말씀이야.

"빚으로 달아둬."

하지만 곧 씨익 웃으면서 그렇게 말했다.

전언 철회! 역시 성격이 고약해!

입학식은 순조롭게 진행되었고 마지막으로 디스 아저씨가 인사할 차례가 왔다. 신입생들을 격려해주던 아저씨는 마지막에 이쪽을 보고 씨익 웃었다. 왠지 안 좋은 예감이 드는데…….

『올해는 영웅의 손자라는 규격 외가 흘러들어오는 바람에 교사들은 여러모로 고생이 많겠지만 아무쪼록 열심히 하게. 그리고 동급생들은 그에게 배울 점도 많겠지. 분명 자네들의 고정관념을 파괴해줄 거다. 그리고 그걸 기회 삼아 더욱더 크게 성장하기를 바라마.』

벌써 도입한 거야? 인사말에 농담을 섞으면 안 된다며!

"흠, 역시 아바마마. 벌써 응용하신 건가."

넌 또 왜 감탄하는 건데?! 국가의 톱이 저러면 다들 흉내 낼 거라고! 이 세계의 상식이 바뀐단 말이다!

마지막에 국왕님의 농담으로 몹시 피곤해진 입학식이 끝났다.

이다음에는 각자 교실로 가서 자기소개를 하고 전언을 들은 후에 해산이다.

우리는 선생님을 따라 교실로 이동하려 했지만, 마침 그 순간 왠지 신경 쓰이는 시선이 느껴졌다.

뭐지? 내가 주위를 돌아보자…… 저건…… 분명 카트 군이었지. 그 거만한 귀족 도련님이 날 노려보고 있었다. 원한과 증오가 뒤섞인 눈으로…….

내가 무슨 짓이라도 했나?

아! 혹시 내가 인사말에 농담을 섞어서 화가 난 건가?

왠지 귀족이라는 신분에 집착하는 느낌이었으니 말이다.

하지만 디스 아저씨도 같은 짓을 했으니 문제없겠지? …… 없는 거 맞겠지?

그 시선이 약간 신경 쓰이긴 했으나 이제 교실로 갈 시간이다. 그는 다른 반인 모양이라 말을 걸어보지는 못하고 나도 교실로 이동했다.

이 학교의 반은 S, A, B, C로 나눠진다. S클래스만 열 명이고 나머지 세 반은 서른 명씩. 그래서 총 백 명이 되는 셈이다.

입시 성적이 그대로 반영된다고 하니 S클래스는 상위 열 명. 이른바 우수학급인 셈이다.

가장 성적이 낮은 건 C클래스지만 다들 엄청난 경쟁률을 뚫고 온 학생들이다. 게다가 매년 반 재편성이 있으니 입학했을 때는 C클래스라도 졸업할 때는 S클래스인 경우도 드물지 않다고 했다.

물론 그 반대도 있다. 할아버지와 할머니 얼굴에 먹칠하지 않으려면 나도 열심히 해야겠다.

오늘만 벌써 몇 번이나 혼났지만 그건 잊어줘. 부탁이니까.

교실은 무슨 집무실? 같은 분위기였다.

책상은 고급스러운 데다가 거대했다. 의자는 가죽 의자. 여기는 무슨 사장실인가?

그렇게 생각한 건 나 혼자만이 아니었는지 다들 교실의 설비에 감탄하고 있었다.

"자! 감탄은 그만하고 자리에 앉아. 칠판에 자리 배치표를 붙여놨으니 해당하는 자리에 앉도록."

으음~ 내 자리는…… 아! 교탁 바로 앞. 특등석이잖아.

고작 열 자리밖에 없으니 어디 앉아도 별 차이는 없겠지만…….

책상은 앞에서부터 세 개, 네 개, 세 개씩 교차로 놓여 있어서 어느 자리에서도 칠판이 잘 보이는 구조였다.

우리가 전부 자리에 앉자 남자 선생님이 그대로 교탁 앞에 섰다.

"자, 그럼 다시 너희의 입학을 축하하마. 난 이 반의 담임인 알프레드 마커스다. 실기 수업도 담당하고 있으니 앞으로 잘 부탁하마. 자, 그럼 오늘은 자기소개를 한 후에 내일 예정을 전달하고 끝내겠다. 그럼 나부터 시작하지. 나는 이 학교에 오기 전까지는 마법사단에 근무했었다. 그리고 5년쯤 전에 자리가 나서 학교의 요청을 받고 교사가 되었지. 나이는 올해로 스물여덟이다."

흐응, 마법사단에 있었던 건가. 지크 형이랑 같은 곳에서 근무했네.

"다음은 너희들이다. 성적순으로 가볼까. 그럼 신 월포드부터."

"예. 아~ 처음 뵙겠습니다. 신 월포드라고 합니다. 신입생 대표 인사에서도 말했지만 바로 얼마 전까지 숲속에서만 살다 보니 여러모로 세상 물정에 어두운 편입니다. 그러니 많이 가르쳐주시면 고맙겠습니다. 할아버지에게는 마법을, 할머니에게는 마도구 제작을 배웠습니다. 잘 부탁드립니다."

"멀린 님과 멜리다 님의 개인 교습……."

"진짜 부럽다……."

질투와 선망이 뒤섞인 시선이 느껴졌다. ……다들 할아버지와 할머니의 팬인가?

"다음은 아우구스트 전하. 부탁드립니다."

"예. 제군, 이미 알고 있겠지만 신 같은 세상 물정에 어두운 녀석도 있으니 다시 소개하마. 난 아우구스트 폰 알스하이드. 이 나라의 제1왕자다. 하지만 다들 알다시피 이 학교는 왕족조차 신분의 귀천을 따지지 않는 곳. 너희도 날 신처럼 스스럼없이 대해도 좋다. 이상이다."

계속 날 언급하지 좀 마.

"그럼 다음은 마리아 폰 메시나."

"예. 처음 뵙겠습니다. 마리아 폰 메시나라고 해요. 메시나 백작가의 둘째 딸입니다. 여학교는 제 성미에 안 맞고 마법이 주특기라 이 학교에 오게 됐습니다. 언젠가 신과 어깨를 나란히 할 수 있는 날이 오도록 노력하겠습니다. 앞으로 잘 부탁드려요."

하긴 귀족 아가씨나 다닐 법한 학교와는 성격상 잘 안 맞을 것 같았다.

"그럼 다음, 시실리 폰 클로드."

"예. 여러분, 처음 뵙겠습니다. 시실리 폰 클로드라고 해요. 클로드 자작가의 셋째 딸로서 마리아의 권유를 받아 저도 이 학교에 오게 됐습니다. 특기는 치유 마법이고 공격 마법에는 살짝 자신이 없습니다. 앞으로 여러분께 도움이 되고 싶습니다. 잘 부탁드려요."

시실리는 치유 마법이 특기였나. 어쩐지 상상한 대로였다.

"다음, 앨리스 코너."

"예. 여러분 처음 뵙겠습니다. 앨리스 코너예요. 먼저 소개한 분들과 달리 평민 출신입니다. 아버지는 허그 상회에서 경리로 일하고 계시지만 전 계산이 서툴러서 포기했습니다. 신 군과 같은 반이 된 건 굉장한 행운이라고 생각합니다. 그럼 앞으로 잘 부탁드려요!"

앨리스는 금발벽안에 머리카락이 어깨까지 내려오는 헤어스타일의 소녀였다. 전체적으로 가녀린 인상에 체격도 작았다.

참고로 허그 상회는 톰 아저씨가 경영하는 곳이다.

"다음, 토르 폰 프레겔."

"예. 전 토르 폰 프레겔. 프레겔 자작가의 적자입니다. 전하의 호위를 겸해 어릴 적부터 함께 자랐습니다. 전하와 함께 앞으로 잘 부탁드립니다."

토르는 오그의 호위를 겸하는 학우인가. 은발에 안경을 쓴 작은 체격의 소년이었다.

누님들에게 인기가 많을 것 같은 타입이다.

"다음, 린 휴즈."

"예. 린 휴즈입니다. 아버지는 궁정 마법사, 어머니는 전업주부. 마법을 좋아해서 이 학교에 왔습니다. 앞으로 잘 부탁드립니다."

짧아! 말수가 적은 타입인가?

린은 검은 머리카락을 짧은 보브컷으로 다듬고 테가 가느다란 안경을 쓴 가녀린 체구의 소녀였다.

"다음, 유리 칼튼."

"예에~. 여러분, 처음 뵙겠어요오. 유리 칼튼이라고 해요. 우리 집은 호텔을 경영하고 있답니다. 그러니 다들 이용하고 싶을 땐 언제든지 말해주세요오. 서비스해줄 테니까요.

그리고 전 부여 마법이 특기랍니다. 앞으로 잘 부탁해요~."

몸매가 굉장히 훌륭한 여자애였다. 그야말로 쭉쭉빵빵이다.

부여 마법이 특기라고 했으니 조만간 할머니를 소개해줘 볼까?

"다음, 토니 플레이드."

"예. 여러분, 처음 뵙겠습니다. 토니 플레이드라고 해요. 기사 가문 출신이지만, 그쪽 학교는 남녀 비율이 지옥이라…… 열심히 노력해 이 학교에 들어왔습니다. S클래스에서 떨어지면 기사 양성 학원에 강제 연행당하게 될 예정이라서 앞으로 열심히 하겠습니다. 그럼 다들 잘 부탁해~."

토니는 갈색 머리에 키가 크고 약간 가벼워 보이는 인상이었는데 의외로 집안 사정 때문에 고생이 많은 모양이었다.

"그럼 마지막으로 율리우스 폰 리텐하임."

"알겠소이다. 소인은 율리우스 폰 리텐하임이라 하오. 리텐하임 후작가의 적자외다. 토르와 마찬가지로 어릴 적부터 폐하의 호위를 맡아왔소. 소인은 마법에 약하다 보니 고생이 많았소이다. 앞으로 정진할 테니 잘 부탁하오."

찾았다! 이 녀석이 무사다!

게다가 외모와 이름과 말투가 전혀 일치하지 않았다. 누가 들어도 귀족스러운 이름인데 당장에라도 교복이 터져버릴 듯한 우락부락한 근육과 거대한 몸. 외모는 무슨 미식축구 선수 같은데 말투는 무사!

일해라 위화감!

그건 그렇고 도저히 마법사로는 보이지 않았다. 혹시 이건…….

“아~ 다들 무슨 말을 하고 싶은 건지 알겠는데 전하의 배려로 입학한 건 아니다. 리텐하임은 순수하게 자기 실력으로 합격한 거니까 안심해라.”

반 친구를 의심하고 말았다. ……난 글러 먹은 인간이야.

“리텐하임은 방출계 마법에는 약하지만 시험 때는 신체강화 마법을 써서 표적까지 단숨에 달려가더니…… 마법 강화한 주먹으로 표적을 파괴하더군.”

변태다! 변태 마법사다! 누가 봐도 이상하잖아!

“이야~ 그렇게 칭찬해주시니 몸 둘 바를 모르겠구려.”

“““““““칭찬 아니거든!”””””””

입학하자마자 벌써 모두의 마음이 하나가 되었다.

율리우스의 충격적인 자기소개가 끝난 후 내일 예정을 전달받고 오늘 일정이 끝났다.

내일 오전 중에는 학교 시설의 안내. 점심시간 후에는 마법 실습장에서 바로 실기 강습을 받게 되었다.

실습복은 없다. 이 교복에 이미 고도의 방어용 부여 마법이 걸려있기 때문이다. 만약 옷이 찢어진다면 학교에서 공짜로 새걸 지급해준다. 참고로 학생식당은 물론이고 수업료조차 공짜였다.

이건 다른 삼대 고등학원도 마찬가지라고 한다. 왕국에 유익한 인재를 육성하는 곳이라서 매년 예산이 책정된다든가? 하지만 졸업 후 나라를 위해 일해야 하는 의무는 없었다.

이 나라는 여러모로 굉장해.

그리고 내 교복은 이미 개조를 마친 상태였다.

후후후, 제법 이상적인 완성도다.

원래는 『마법 방어』, 『충격 완화』, 『오염 방지』가 이 세계의 언어로 부여되어 있었다.

일반적으로 세 가지 효과가 부여된 마도구는 상급에 속한다. 대부분 하나나 둘 정도다.

효과를 설명하자면 『마법 방어』는 마법에 의한 충격을 『완화』한다.

『충격 완화』는 물리적인 충격을 『완화』한다.

그리고 『오염 방지』는 교복이 더러워지는 걸 막는다. 실기 수업은 이걸 입고 받아야 하니까 당연한 효과였다.

이 효과들을 확인했을 때 오염 방지는 그렇다 쳐도 『마법 방어』와 『충격 완화』에는 무척 실망했다.

효과가 고작 『완화』라니.

그래서 나는 부여 효과를 『바꿔 썼다』.

우선 부여된 마법 효과를 벗겨냈다.

이건 교복에 부여된 글자를 내 전용 작업 지팡이에 마력을 담아서 한 글자씩 신중하게 벗겨냈다. 이 작업 지팡이도 내가 만든 물건이다.

손가락으로도 할 수 있지만 워낙 섬세한 작업이라 어지간해서는 이 지팡이를 썼다. 하물며 동시 작업은 절대로 무리였다. 아니, 그보다 부여 효과를 『벗겨내는 것』 자체가 전대미문의 시도라는 모양이었다.

그런데 내가 어떻게 이런 일이 가능하냐면, 전에 부여한 효과가 맘에 들지 않아 고쳐 보려고 이런저런 시도를 해본 결과였다.

마도구에 마력을 담아서 글자가 떠오르도록 이미지하자 정말로 부여한 글자가 허공에 떠올랐다.

혹시나 해서 『마법 효과 무효』를 부여한 지팡이를 만들어 떠오른 글자를 한 글자씩 문지르자 글자가 지워지는 게 아닌가.

이걸 처음 보여줬을 때 할머니의 표정이 참 걸작이었다.

부여가 가능한 글자 수는 조끼, 셔츠, 바지를 합쳐서 총 스물두 개였다.

이건 대체 뭐로 만든 걸까? 상당히 특수한 천이다. 실 자체가 다른 건가? 전에 마물이 된 존재에게서 특수한 소재를 채취할 수 있다고 들은 적이 있는데 어쩌면 마물이 된 거미의 실이라든가…… 으으, 더 생각하는 건 그만두자.

전에 프로텍트 슈트를 만들었을 때는 소재가 평범한 옷이다 보니 『대인』, 『대마법』, 『대충격』이라는 여덟 글자밖에 부여하지 못했다.

그래도 충분히 실용적이었다. 하지만 효과를 『생략』해서 적었기 때문인지 효과를 완전히 발휘하지는 못했다.

그래서 이번에 부여한 건 『대마법』을 대신해서 『절대 마법 방어』를—.

『대충격』과 『대인』을 대신해서 『물리 충격 완전 흡수』를—.

여기에 처음부터 부여된 효과인 『오염 방지』.

새로 더한 『자동 치유』.

이걸로 총 스물두 글자였다.

그중에서도 특히 『절대 마법 방어』는 부여하느라 고생했다.

글자가 내포한 뜻을 내 이미지가 따라가지 못했기 때문이다.

『절대 마법 방어』는 즉, 모든 마법을 막을 수 있다는 뜻. 하지만 『화속성』과 『수속성』만 따지고 봐도 막을 수 있는 방법이 제각각 달랐다. 모든 것을 『방어』하는 이미지가 떠오르지 않은 탓에 몇 번이나 부여에 실패했고, 이걸 대체 어쩌나 싶어서 엄청 고민했다.

그런 나를 할머니가 굉장히 걱정스러운 눈으로 바라보았다.

그리고 어떤 발상의 전환 덕분에 마침내 성공했다.

그 이미지는 바로 『마력의 무산(霧散)』.

옷을 얇게 감싸는 마력 장벽을 전개해서 발동한 마법이 그 장벽에 닿으면 마력이 흩어져 버리는 이미지를 부여했다.

그 전까지는 『단단한 벽』을 이미지하느라 생각대로 잘 풀리지 않았다.

그래서 이번에는 막는 게 아니라 마법을 구성하는 마력 자체를 『무산』시키는 건 어떨까 싶어 시험해봤더니 아무렇지 않게 발동했다.

이쪽에 해를 끼치는 마법만 소멸시키도록 이미지한 덕분에 치유 마법이나 자신이 발동한 마법에는 효과를 발휘하지 않았다.

부여에 성공한 순간, 난 크게 환호성을 질렀다.

그러자 바로 할머니가 달려왔다.

『물리 충격 완전 흡수』도 원리는 동일했다. 『단단해지는 것』을 이미지하는 게 아니라 『운동 에너지의 소실』을 이미지하자 제대로 효과가 부여됐다.

움직이는 물체는 이 교복에 닿는 순간 움직임을 멈추게 된다. 물리 법칙을 완전히 무시한 그 광경은 솔직히 기분이 나빴다. 방어구로서는 최고지만…….

『오염 방지』는 옷의 초기 상태를 기억하게 해서 그 외의 이물질을 제거하는 이미지.

『자동 치유』는 착용자의 상처나 결손된 부위를 인식했을 때 자동으로 발동한다. 몸의 다른 부위에서 모아들인 세포를 만능 세포로 바꾸어, 수복이 필요한 부분을 원 상태로 되돌리는 걸 이미지했다.

따라서 『자동 치유』가 발동할 경우에는 체중이 약간 줄어들게 된다.

참고로 효과는 외적인 요인에만 발휘된다.

언뜻 보기에는 무적의 방어구 같지만, 사실 두 가지 결점이 존재했다.

첫 번째는 옷이 닿는 부분만 방어할 수 있기에 얼굴과 손발은 무방비해지는 점.

두 번째는 마력이 없으면 효과가 발동하지 않는 점.

그러므로 기습에는 대처할 수 없으니 과신은 금물이었다.

이 교복에는 그런 마법들을 부여했다.

할머니에게는 절대로 이 사실을 다른 사람에게 밝히지 말라는 설교를 듣고 말았다.

조회가 끝나자 다들 교실을 나왔다.

"신, 시간 좀 낼 수 있어?"

마리아가 날 불러 세웠다.

"응? 뭔데?"

"할 말이 좀 있는데……."

"난 상관없어."

또 그건가? 할아버지와 할머니를 소개해달라는 거?

"시실리 일로 상담하고 싶은 게 있거든."

좋아, 들어보자.

"뭔가 곤란한 일이라도 있어?"

"있어. 곤란한 일이."

마리아는 정말로 곤란한 표정을 지어 보였다.

시실리는 미안한 표정이다.

둘 다 이런 표정을 짓다니 정말 곤란한 일인가 보다.

"사실…… 시실리를 쫓아다니는 남자가 있는데."

"뭐……."

뭐라고오오?! 대체 어디 사는 어떤 놈이야!

"너랑 처음 만난 뒤부터 줄곧 시실리에게 치근덕대는 남자가 있어. 시실리는 몇 번이나 거절했는데도 집안의 권력을 내세워서 협박까지 하는 거 있지?"

그 녀석, 최악이네. 하지만 권력까지 내세웠는데도 일은 제 뜻대로 풀리지 않았다. 그렇다는 건 슬슬…….

"시실리가 제 뜻대로 되지 않아서 상당히 열이 받은 모양이라…… 슬슬 위법적인 수단을 동원해도 이상하지 않을 것 같은 상태야."

……역시.

"그런데…… 그 치근덕대는 남자라는 게…… 사실 이 학교에 있거든."

"뭐라고?!"

같은 학교에 있다면 언제 무슨 일이 생길지 모르잖아!

시실리는 정말로 괴로운 듯한, 미안한 듯한 표정을 짓고 있었다.

"미안, 신 군……. 이런 이야기를 듣게 해서……."

"그게 무슨 소리야? 오히려 아주 잘 말했어!"

"……그래서 더 미안한 건데……."

그게 무슨 뜻이지? 아무튼 시급한 대책이 필요할 것 같다.

내가 어떻게 대처해야 좋을지 고민하고 있자 누군가가 이쪽을 향해 말을 걸었다.

"어이! 시실리! 넌 내 약혼자면서 다른 남자와 노닥대고 있는 거냐!"

뭐라고?! 대체 누구야!

그 목소리를 들은 시실리의 표정이 괴로운 듯 일그러졌다. 시실리에게 이런 얼굴을 하게 하다니 대체 누구야! 목소리가 들린 쪽으로 시선을 돌리자—.

또 그 녀석이었다. 카트 군이다.

"저 녀석이야. 저 녀석이 시실리에게 늘 치근덕대면서, 주위에는 자기 약혼자라고 제멋대로 떠벌리고 다니더라구."

마리아가 그렇게 알려주었다.

그를 본 시실리는 황급히 내 뒤에 숨었다. 그게 더 화가 났는지 카트는 얼굴을 시뻘겋게 물들이며 이쪽으로 다가왔다.

"시실리! 너, 이리로 와!"

카트는 손을 뻗어서 시실리의 팔을 잡으려 했다.

그렇게 내버려 둘 줄 알고?

오히려 나는 그 손을 붙잡고 뒤로 비틀어 버렸다. 어쩐지 기시감이 느껴지는걸.

"으악! 놔, 놔라! 이 무례한 놈아!"

"하아~ 넌 또 그거야?"

시끄러워서 놔줬다. 그러자 이쪽을 노려보면서 또 악을 쓰기 시작했다. 놔줘도 시끄러운 녀석이네.

"거기 있는 시실리는 내 약혼자다! 네놈 따위가 함부로 말을 걸어도 될 상대가 아니야!"

"저러는데, 사실이야?"

"저기…… 그게……."

아, 카트의 목소리가 커서 겁을 먹은 모양이었다.

"괜찮아. 무슨 일이 있어도 내가 지켜줄게. 그러니까 신경 쓰지 말고 말해도 돼."

"신 군……."

난 시실리를 안심시키려고 그렇게 말했다. 그러자 시실리는 뭔가 결심한 표정으로 카트에게 선언했다.

"전…… 저는 당신의 구혼을 거절했어요! 제멋대로 약혼자라 말씀하시고 다니는 건 민폐라구요!"

상황을 지켜보느라 조용해진 복도에 시실리의 목소리가 울려 퍼졌다. 좋아! 잘 말했어, 시실리.

"너, 너어! 나를 거역하겠다는 거냐!"

"거, 거역할 거예요! 전 당신 뜻대로 될 생각은 없어요!"

무서운지 다리가 떨리고 있었다. 그래도 용기 있게 자신의 주장을 입에 담았다. 장하다.

"너, 너어…… 여자가 날 거역한다고? 너희들 여자는 남자 옆에서 애교나 떨면 돼! 게다가 이 몸을 모시게 해준다고 하는데도! 웃기지 마!"

"웃기는 게 대체 누군데?"

방금 그 발언은 내 허용 범위를 넘어섰다. 여자는 남자의 도구가 아니다. 그런 말을 아무렇지 않게 내뱉은 이 녀석에게 진심으로 화가 났다.

"네놈은…… 어디까지 날 거역할 셈이냐!"

"그래, 거역하고말고. 모든 게 네 뜻대로 돌아갈 거라고 자만하지 마."

"으, 으극, 으이이이익. 네노옴!"

오오, 빨개진 얼굴이 더 빨개졌다. 저러다 혈관 터지겠네.

"가만히 듣고 있자니 건방지게…… 좋다. 날 거역하면 어떻게 되는지 알게 해주마."

"뭐? 협박? 좋아. 언제든지 습격해 보시지. 전부 물리쳐줄 테니까."

"이래도 같은 말이 나올 수 있을까? 시실리, 네 아버지는 재무국 관리관이었지?"

"그런데…… 설마!"

"그래. 우리 아버지는 재무국 사무차관이다. 우리 아버지께 한 말씀 드리면…… 과연 네 아버지는 어떻게 될까?"

카트는 음험한 미소를 지으면서 그렇게 말했다.

이, 이 녀석! 진짜 저질이다!

"적당히 해."

"아, 아우구스트 전하……."

슬슬 인내심의 한계를 맞이하려는 차에 오그가 끼어들었다.

"카트 폰 리츠버그. 넌 내가 입시시험 날에 했던 말을 기억하고 있나?"

"그, 그건……."

"하물며 자신의 아버지에게 부탁해서 다른 사람의 부모에게 압력을 주겠다는 건 언어도단. 왕국 귀족으로서는 있을 수 없는 일이지."

"……."

카트는 오그의 호통에 고개를 숙인 채 아무 말도 할 수 없게 되었다.

"이 일은 아바마마를 통해 재무국장에게 전달하겠다. 만에 하나라도 이상한 짓을 할 생각은 삼가도록."

"헉! 그, 그건!"

"이건 결정 사항이다. 반론은 인정하지 않아. 알아들었으면 내 눈앞에서 사라져라."

"……예……. 알겠습니다……."

카트는 입학식장에서 본 것보다 훨씬 더 원한이 담긴 눈으로 이쪽을 노려보더니 이 자리를 떠났다.

"고마워, 오그. 덕분에 살았어. 조금만 더 있었으면 인내심이 바닥날 뻔했어."

"죄송해요, 전하. 감사합니다."

"사실 계속 지켜보고 있었는데 이야기가 이상한 방향으로 진행될 것 같아서 개입한 것뿐이다. 뭐, 네 인내심이 바닥나면 어떻게 되는지 한번 보고 싶기는 했다만."

"너, 인마! 내 감사를 돌려줘!"

계속 보고 있었던 거냐! 그럼 냉큼 개입할 것이지!

"그렇게 화내지 마라. 네가 있으니 클로드와 메시나가 위험할 일은 없을 거라고 확신해서 그랬던 거니까."

"그건 당연하지만…… 만약의 경우라는 게 있잖아."

"후후, 그래? 괜찮아. 무슨 일이 있어도 내가 지켜준다고 말한 건 누구였더라? 이야~ 멋지더군. 안 그래? 클로드."

"아으! 저기, 그게…… 멋있었……어요……."

"그렇다는데? 잘됐구나, 신."

이 녀석은…… 진짜……!

시실리는 얼굴이 새빨개져서 머뭇거렸다. 그리고 나를 살짝 올려다보는 시선이…… 아, 진짜! 귀엽잖아, 젠장!

"저기, 이걸로 다 해결된 걸까?"

마리아가 걱정스럽게 질문했다. 그야 저런 표정을 봤으니 안심이 안 되는 게 당연했다.

왜 저렇게까지 자신을 특별하게 여기는 건지 모르겠지만, 저런 녀석이 오그의 말을 고분고분하게 받아들일 거라는 생각은 들지 않았다. 아직 더 조심해야 할 필요가 있으리라.

"음~ 떠날 때의 눈초리로 봐선 아직 조심해야 할 것 같아. 긴장을 풀면 안 되겠지."

"역시…… 그런가요……."

시실리가 침울해졌다. 이런, 어디 기운을 차리게 해주는 방법이 없을까? 할머니와 만나게 해주는 건…… 아! 그러고 보니!

"마침 생각난 게 있는데 다들 이대로 우리 집에 가지 않을래?"

"뭐?! 신네 집에?!"

"응."

"갈게! 아버지와 어머니께 말씀드리고 올 테니까 바로 가자! 그렇게 하자!"

"저, 저도 갈게요! 저도 부모님께 전해드리고 올 테니 부탁드려요!"

둘 다 엄청나게 적극적으로 대답했다.

그 정도로 할아버지와 할머니가 만나고 싶은 건가?

"흠, 그럼 나도 가볼까. 어차피 아바마마도 너희 집으로 가실 테니."

아마도 그렇겠지. 틀림없다.

“저도 폐하의 호위이니 동행하겠습니다.”
“소인도 함께하겠소이다.”
아, 토르와 율리우스도 있었던 건가. 그야 그렇겠지. 오그의 호위인걸. 난 오늘 처음 봤지만…….
“그럼 부모님께 말씀드리고 올게!”
“기다려 주세요!”
응, 시실리도 기운을 차린 것 같다. 잽싸게 달려갔다.
“그래서? 갑자기 무슨 생각이 난 건데?”
“아, 이 교복 말야. 마법이 부여되어 있잖아?”
“어.”
“그 부여 마법을 바꿔 써주려고.”
세 사람은 굳어 버렸다. 아, 다시 움직이네.
“……잠깐 기다려 봐. 지금 흘려 넘길 수 없는 말을 들은 것 같다만?”
“응? 어떤 부분이?”
“아니…… 부여를 고쳐 쓰겠다고 들은 것 같은데…….”
“맞아. 그거. 이 교복은 엄청 좋은 천을 썼잖아? 스물두 글자나 부여할 수 있더라고.”
“너…… 왕도에는 상식을 배우러 온 거 아니었어?”
“그런데?”
“하아…… 이제 됐어. 일일이 놀라다간 내가 못 버티겠군.”
뭐야, 혼자서 시작하고 끝내기는……. 신경 쓰이잖아.

토르와 율리시스도 미묘한 표정이었다. 대체 왜?

그렇게 대화를 나누고 있자 곧 시실리와 마리아가 돌아왔다.

달려서.

"하아하아하아…… 꿀꺽…… 하아…… 기, 기다렸어……?"

"하아, 후우, 하아, 후우…… 다녀왔……습니다……."

둘 다 엄청나게 숨을 몰아쉬었다. 전력으로 달려왔나 보다.

"그렇게까지 필사적으로 뛸 필요는……."

"무슨 소리야! 현자님과 도사님을 기다리시게 할 수는 없잖아!"

"맞아요!"

이미 꽤 오래 기다리게 한 것 같은데 말이지.

"그렇게까지 신경 쓸 필요는 없는데…… 그럼 갈까?"

"으, 응!"

"아, 아아, 예!"

그렇게 우리 여섯 명은 함께 걷기 시작했다.

"미안, 입학식 날이라 가족들이 와 있었을 텐데."

"아냐, 신경 쓰지 마. 오히려 너희 집에 간다니까 두 분 다 엄청나게 부러워하시던걸. 돌아와서 무슨 이야기를 나눴는지 말해달라며 기쁘게 보내주셨어."

"저희 집도요."

"그, 그래?"

이 나라 사람들은 할아버지와 할머니를 너무 과대평가하

는 게 아닐까.

할아버지와 할머니는 소동이 벌어지는 걸 경계하여 학교의 내빈실에서 기다리는 중이었다. 당연히 디스 아저씨도 함께였다.

"꽤 늦었구나. 무슨 일이 생겼나 싶어서 걱정하던 참이었단다."

"맞아. 대체 뭘 하고 있었던 거니?"

"신 군, 기다리는 동안 나도 걱정이 태산 같더군. 자네가 또 뭔가 저지른 게 아닐까 싶어서."

할아버지랑 할머니는 순수하게 걱정해줬는데 디스 아저씨는 너무해!

"걱정 끼쳐서 미안. 늦어진 건 사정이 좀 있어서."

그렇게 말하고 뒤를 돌아보자 시실리와 마리아는 긴장으로 딱딱하게 굳어 있었다.

하긴 당연한가.

이 자리에는 두 영웅과 국왕이 있었다. 긴장하지 말라는 게 더 무리이리라.

"이 두 사람은 같은 반 친구인데 시실리와 마리아라고 해."

"처처처처음 뵙겠습니다! 신 군과 같은 반의 마리아 폰 메시나라고 합니다!"

"저기! 그게! 처, 처음 뵙겠습니다! 시실리 폰 클로드입니다!"

긴장해서 말이 계속 헛나오는 모양이었다.

"파란 머리의 미소녀. 호오, 그 아이가 신 군이 말했던 소녀로군?"

"신 군이 말했던?"

그런 쓸데없는 소리는 안 해도 돼!

"호오, 네가 바로 그……."

할머니의 눈빛이 변했다. 마치 값을 매기는 것처럼 시실리를 관찰했다. 에잇! 이러다 이야기가 탈선하겠어!

"할머니, 그런 건 나중에 하고 할 이야기가 있으니까 집으로 가자. 여기서 하기에는 좀 그런 이야기라."

"허허, 여기에 데려왔다는 건 다시 말해 그 아가씨들도 데려가겠다는 게냐?"

"응. 두 사람……이라기보다 시실리 일로 할 이야기가 있거든."

"그래. 그럼 집에서 느긋하게 들어보자꾸나."

시실리와 마리아는 우리 마차에 태웠고, 오그와 토르와 율리우스는 디스 아저씨의 마차를 타고 우리 집으로 갔다.

역시 두 사람은 마차 안에서도 긴장해 있었다. 특히 할머니의 노골적인 시선을 받은 시실리는 완전히 딱딱하게 굳어 있었다.

할머니, 그거 무서우니까 그만두면 안 될까?

긴장된 5분이 지나자 마침내 우리 집에 도착했다.

……이렇게 5분이 길게 느껴진 건 처음이었다.

"그래서? 이 아가씨 일로 할 말이 있다고 했지? 뭐야. 설마 벌써 사귀……."

"뜨아! 그런 거 아니거든?!"

"그럼 뭔데?"

"응, 그게 있지. 내가 이 교복에 효과를 새로 부여했잖아?"

"아…… 그건 참 끔찍했지……."

"아니, 그런 게 아니라…… 그 효과를 시실리의 교복에도 부여해주면 안 될까?"

"……사정을 자세히 말해보렴."

나는 오늘 학교에서 있었던 일을 말했다.

그리고 아직 안심할 수 있는 상황이 아니라 시실리를 지키기 위한 방비를 해두고 싶다는 뜻도 전했다.

"옳거니, 늦어진다 싶었는데 그런 일이 있었던 게로군."

"디세움."

"예, 멀린 님."

"이 나라의 귀족 중에는 아직도 그런 녀석들이 있는 겐가?"

"아뇨…… 그럴 리는……. 우리나라 귀족의 의식 개혁은 순조롭게 진행 중일 겁니다. 선민의식이 강한 자들이 일부 있기는 합니다만, 재무국의 리츠버그 사무차관이라면 공명정대하고 부정을 혐오하기로 유명한 고지식한 인물입니다. 그자의 아들이 그런 짓을 저지르다니 전 믿을 수가 없군요."

"흠, 그렇다는 건 자식이 혼자 폭주한 셈인가……."

카트의 아버지는 의외로 훌륭한 인물인 모양이었다.

그런 아버지에게 시실리네 아버지의 실각을 부탁해봤자 거절당할 게 뻔한데 왜 그런 협박을 한 거지? 자식이면서 자기 아버지의 성격을 잘 모르는 건가?

카트의 행동에 왠지 모를 위화감이 느껴졌지만 지금 중요한 건 부여 마법 쪽이었다.

"할머니, 괜찮을까?"

"흠…… 거기 너, 분명 시실리라고 했지?"

"아, 예!"

"신이 말하는 부여 마법이라는 건 그야말로 터무니없는 마법이야. 신은 그걸 네 교복에 부여하겠다는 거지. 즉, 이 아인 널 진심으로 지켜주려는 거란다. 넌 자신이 그 수호를 받아들일 자격이 있다고 생각하니?"

"자격……인가요……."

뭐야 그게? 왜 그런 거창한 이야기가 되는 건데?

"할머니, 자격이라니…… 그런 거창한 건 필요 없어. 그냥 내가 해주고 싶은 것뿐이니까 그렇게 진지해지지 않아도 돼."

"넌 입 다물렴. 네가 마법을 부여한 그 교복이 대체 어떤 건지 알기나 해?"

"어떤 거라니."

"그 교복은 이미 국보급 방어구란다."

“““““““““국보급?!”””””””””

어? 그랬어?

“멜리다 님! 그게 무슨 뜻입니까!”

“뭐고 자시고 얘가 또 일을 저질렀지 뭐야. 이러면 자네도 알아듣겠지? 우리의 상식으로는 상상도 할 수 없는 효과가 부여됐더라고.”

“그렇습니까……. 듣기가 무서워지는군요.”

무섭지 않은데? 오히려 몸을 지켜주는 물건이거든?

“이 효과가 부여된 방어구에 대체 얼마나 큰 가치가 붙을지 헤아릴 수 없을 지경이야. 이 아이는 네 교복에 그런 걸 부여할 셈이란다. 너에게 그걸 받아들일 각오는, 자격은 있는 거니?”

“그건…… 그런 자격은……”

할머니의 질문을 받은 시실리는 눈물을 글썽거리기 시작했다.

어째서?!

“저…… 저에게는 받아들일 자격이…… 없어요…….”

그렇게 말하면서 눈물을 흘렸다.

“흠, 그게 무슨 뜻이지?”

“저는 신 군의 친절함을 이용했어요. 신 군에게 제 사정을 말하면 절 동정해줄 거라고…… 도와줄 거라고…… 그렇게 기대하면서 밝힌 거예요.”

"하긴, 이 아이는 강하니까. 의지하고 싶어지는 게 당연하겠지."

"하지만! 하지만…… 신 군과는 관계없는 일인데……, 역시 생각했던 대로 절 도와줬고…… 지켜주겠다고 말해준 게 기뻐서…… 이대로 도와주는 게 아닐까 기대하면서…… 제 사정에 말려들게 했는데……."

시실리의 눈물은 멈출 줄 몰랐다.

그런가. 이 이야기를 처음 들었을 때 시실리가 미안한 표정을 지은 이유를 이제야 깨달았다.

『이상한 이야기를 듣게 해서』 미안한 게 아니라 『사정을 밝히면 자신을 동정해서 도와주지 않을까』라는 생각이 있었기 때문이었나.

입 다물고 있으면 모른 채 넘어갈 수도 있었을 텐데 정직하게 밝히다니. 거짓말을 못 하는 타입인가?

"멜리다 님! 손자분을 이용하려고 해서 정말 죄송했습니다! 이 일은 제가 어떻게든 해결할게요. 폐를 끼쳤습니다!"

시실리는 울면서 나를 이용하려고 했다는 사실을 밝히고 방에서 뛰쳐나가려 했다.

그게 무슨 소리야!

내가 그런 그녀를 쫓아가려 하자—.

"기다리렴!"

할머니가 불러 세웠다.

그 목소리에 놀란 시실리는 그 자리에서 우뚝 멈춰 섰다.

아직도 그녀의 눈에서는 눈물이 멈추지 않았다. 심한 자기혐오에 빠진 모양이었다.

"시실리, 정직하게 말해줘서 고맙구나. 네가 신을 이용하려고 한 건 바로 눈치챘단다. 만약 그대로 아무 말 없이 신의 부여 마법을 받으려고 했다면 바로 내쫓을 셈이었지."

"흐흑…… 히끅…… 흑……."

시실리는 이제 오열하기 시작했다. 이게 그렇게 울 일인가?

"하지만 넌 정직하게 말해줬단다. 그 마법이 부여된 교복이 국보급이라는 말을 들은 후에. 넌 그걸 손에 넣을 기회를 스스로 포기했어. 그건 아무나 할 수 있는 일이 아니란다."

"그, 그건…… 흑…… 신 군을 속여……속였는데…… 그런 걸 받을, 받을 수는 없는, 히끅, 걸요."

훌쩍거리느라 잘 들리지는 않았지만 나를 이용하려고 한 사실에 상당한 죄책감을 느낀 듯했다.

"여자가 남자를 속이는 게 뭐가 어때서. 네가 한 일은 귀여운 축에 속한단다. 신을 보렴. 전혀 눈치채지도 못했지? 오히려 너같이 귀여운 여자애가 자신을 의지해줬으니 앞뒤 가릴 것 없이 도와주려고 했겠지?"

"미안하게 됐네요! 시실리, 난 너에게 속았다거나 이용당했다고 생각하지 않아. 널 도와주려고 한 건 내 의지야. 그러니까 내 의지를 부정하지는 마."

"신 군……."

"이용해도 전혀 상관없어. 오히려 사정도 모른 채 너에게 무슨 일이 일어났다면 더 후회했을걸?"

"널 시험해서 미안하구나. 이 부여 처리가 된 방어구를 건네기 전에 아무래도 네 성품을 확인할 필요가 있었단다. 정말 미안해."

할머니는 갑자기 다정한 태도로 시실리를 껴안고 머리를 쓰다듬어주었다.

"으, 흐윽, 으아아아아아앙!"

시실리는 할머니에게 안기는 바람에 감정의 둑이 무너졌는지 결국 크게 울음을 터트렸다.

"자, 그럼 신. 시실리의 교복에 그 효과를 부여해주렴."

"그래도 돼?"

"그래. 다만, 시실리. 이 사실은 여기에 있는 사람들 외에는 절대로 발설하지 말 것. 이걸 지켜줄 수 있겠니? 적어도 이 정도는 지켜줄 각오를 보여주면 좋겠다만."

"훌쩍, 예…… 아무한테도, 말하지 않을게요. 약속할게요."

"그래. 착한 애구나."

다행이군. 아무래도 사태가 수습된 모양이다. 이걸로 시실리의 교복에 마법을 부여해줄 수 있게 됐다.

다만, 상의와 셔츠와 치마에 제각각 부여를 해야 하니 옷을 벗어야 했다.

아무래도 여자애에게 옷을 벗어달라고 말하는 건 꺼림칙해서, 이걸 어쩌나 고민하자 할머니가 도와주었다.

"이리 오렴, 시실리. 부여 마법을 걸려면 옷을 벗어야 하니까. 내 옷을 빌려줄 테니 방으로 가자꾸나."

"흑…… 훌쩍…… 예."

그리고 시실리를 데리고 방으로 들어갔다.

그 모습을 지켜보고 있자—.

"얘야, 신."

"왜? 할아버지."

"난 저 아이가 널 이용하려 했다는 사실을 전혀 눈치채지 못했단다."

"뭐야, 할아버지도? ……나도 그런데."

"멜리다 녀석은 용케도 눈치챘군……."

"……여자로서 살아온 연륜 때문이 아닐까?"

"그대로 교복에 효과를 부여했으면 저 아이의 마음은 죄책감에 짓눌려서 망가졌을지도 모르겠구나."

"……이게 그렇게 대단한 일이야?"

"자각조차 없었던 게냐……."

그러니까 내가 그 정도로 엄청난 짓을 저질렀다는 뜻?

"그것보다 말이다……."

"응?"

"저 할멈이 여기 실권을 전부 장악하고 있는 거 아니냐? 난 아까부터 완전히 공기취급이다만."

……힘내! 할아버지!

◇

"자, 여기 있다. 어차피 곧 갈아입을 테니 이 정도면 충분하겠지."

멜리다는 그렇게 말하고 자신의 옷 중에서 금방 갈아입을 수 있는 하얀 원피스를 시실리에게 건넸다.

"자, 그럼 얼른 갈아입고 돌아가자. 그렇지 않아도 쓸데없이 시간을 잡아먹었으니. 어서."

"으, 죄송합니다……."

자기 때문이 시간을 낭비했다는 자각이 있는 시실리는 죄송한 얼굴로 옷을 갈아입었다.

"그건 그렇고 용케도 정직하게 밝혔구나. 국보급 방어구를 손에 넣을 수 있는데, 내가 젊었을 때였다면 틀림없이 입을 다물었겠지."

"……처음부터 신 군의 다정함을 이용하는 방법은 내키지 않았어요. 하지만 이젠 도저히 방법이 없어서…… 그래서 신 군이 도와줬을 때는 정말 기뻤지만…… 정말 미안하기도 해서…… 이대로 입을 다물고 있는 게 괴로워서……."

"그런 심경으로 부여 마법을 받는 건 고통스러웠다고?"

"……예."

"그래. 넌 좋은 여자구나. 조금 전에는 정말 미안했다."

"아뇨, 가족분과 관계된 일이니 당연하죠. 저야말로 죄송했습니다."

"그런데 시실리?"

"예?"

"넌 우리 신을 어떻게 생각하니?"

"예, 예에에에에?!"

"너 같은 착한 아이라면 신을 맡겨도 괜찮을 것 같다만."

"마마마맡긴다구요?!"

"어떠니? 반응을 보아하니 너도 영 싫지는 않은 것 같은데."

"그, 그건…… 저기…… 잘 모르겠어요……."

"흠?"

"싫어하는 건 아니에요. 정말로요. 하지만 좋아한다는 건……, 신 군은…… 다정한 데다 강하고 멋지다는 것밖에 모르는데…… 그래서 저도 잘 모르겠어요."

"……그 정도면 충분한 것 같은데……."

"예?"

"아니, 아무것도 아니란다. 자, 옷은 다 갈아입었지? 그럼 가자꾸나."

"예!"

멜리다는 시실리와 함께 방을 나오면서 마음속으로 결심했다.

'이 아이는 어떻게든 확보해야겠어.'

시실리는 멜리다의 눈에 들고 말았다.

◇

시실리와 할머니가 돌아왔다. 시실리는 많이 안정된 모양이었다. 다행이다.

"시실리, 이제 괜찮아?"

"예…… 미안해요, 신 군. ……제 사정에 말려들게 한 데다 이런 폐까지 끼쳐서……."

"그런 건 신경 쓰지 말라고 했잖아. 이건 내 의지야. 알았으면 자, 어서 그 교복 좀 빌려줘 봐."

시실리는 벗은 교복을 들고 있었다. 지금부터 저기에 새로운 부여를 할 예정이다. 그래서 난 그녀에게서 교복을 받았다.

"신."

"왜? 할머니."

"그 부여 마법 과정 말인데, 모두가 보는 앞에서 해보렴."

"어째서?"

"네가 얼마나 비상식적인지 보여주려고."

비상식? 그런 거야?

"다른 사람들의 반응을 보고 네가 얼마나 이상한 건지 조금은 자각해주렴."

말이 너무 심하다. ……이게 그렇게까지 비상식적인 일인가?

그건 그렇고 어서 시작해보자.

일단 교복에 부여된 마법을 『삭제』하는 것부터다.

나는 먼저 전용 작업 지팡이를 준비했다. 이 지팡이는 정밀 작업에 적합하도록 가늘고 짧게 만들었다.

그리고 교복에 마력을 담아서 부여된 글자가 떠오르는 모습을 이미지하자 그대로 글자가 떠올랐다.

"뭐, 뭐야? 저건."

"마법 방어? 충격 완화? 오염 방지?"

"설마…… 교복에 부여된 마법 문자……인가?"

"이런 광경은 처음 보는구려."

시작부터 다들 놀라워했다.

그리고 이번에는 지팡이의 효과를 발동해서 지팡이 끝을 떠오른 글자에 가져다 댔다.

그러자—.

"글자가…… 지워지고 있어요."

"설마…… 부여 마법을 삭제하는 거야?!"

그 말대로 글자를 지워 효과를 삭제하는 중이었다.

이 시점에서 다들 입을 벌리고 망연자실한 표정을 지었다. 진짜는 지금부터인데…….

"하아…… 언제 봐도 비상식적인 광경이네……."

"허허, 그 누구도 생각하지 못했던 일을 아무렇지 않게 해치우는구나. 성장했군."

"당신이! 당신이 그 모양이니까 신이! ……신이!"

할아버지와 할머니가 장난치는 목소리가 들렸다.

정말 이제 그냥 재혼할 것이지.

상의, 셔츠, 치마에 부여된 마법을 전부 삭제했다. 자, 그럼 이제부터가 진정한 마법 부여다.

나는 먼저 『절대 마법 방어』의 이미지를 떠올렸다. 교복에 닿는 해를 끼칠 의사가 있는 마법의 마력을 무산시킨다. 그리고 그 이미지대로 교복에 부여. 세 개에 순서대로 마법 처리를 했다. 하나씩 다시 이미지하는 건 성가시니까.

"하나만 부여하는 것도 보통 일이 아닌데."

"굉장하네요……."

어? 이런 거에도 놀라는 거야?!

이어서 『물리 충격 완전 흡수』의 이미지를 떠올렸다. 옷을 향해 작용하는 운동 에너지를 소실시키는 이미지를 유지하면서 이번에도 똑같이 순서대로 부여를 했다.

이어서 『오염 방지』와 『자동 치유』도 부여했다.

이제 더는 아무도 입을 열지 않았다.

"기가 막혀서 말이 안 나오네……."

그런 거였어?

그리고 부여가 끝난 교복이 완성되었다.

"그런데 신 군. 뭔가 처음 보는 글자를 쓴 모양이네만, 어떤 효과가 있는 거지?"

"부여한 효과는 총 네 가지. 『절대 마법 방어』, 『물리 충격 완전 흡수』, 『자동 치유』, 『오염 방지』를 부여했어."

글자에 관한 건 일부러 무시하고 부여 효과만 설명했다.

"……왠지 불온한 단어가 들린 것 같은데."

"그래? 교복에 원래 부여됐던 효과의 상위호환이라고 생각하면 돼. 자동 치유는 완전히 새로운 효과를 부여한 거지만."

"……그래서? 각각 어떤 효과를 발휘하는 거지?"

나는 디스 아저씨의 질문에 대답했다.

"마법을 완전히 무효화……."

"마법사의 존재의의를 위협하는 부여네……."

"물리 공격도 통하지 않는 것이오?"

"신체 부위 결손의 수복까지……."

"완전히 만능이잖아……."

다들 뭔가 말했지만 이래도 아직 완벽한 건 아니었다.

"그렇다고는 해도 이건 마도구야. 어느 정도 마력을 담지 않으면 효과가 발휘되지 않아. 그러니까 기습까지는 막지 못해. 그리고 교복이 닿지 않은 부분에는 효과가 없으니까 손발이랑 머리는 무방비 상태야."

이건 나중에 어떻게든 해결하고 싶은 문제였다. 마도구는 마력이 없으면 효과가 발동하지 않으니 계속해서 쓰는 건 불가능하다. 그래서 이 세계에서는 조명으로 램프와 양초를 썼고 난로에는 장작이 필요했다.

그래서 생각한 건 마력을 건전지처럼 충전해서 마도구를 상시 발동하는 방법이었다. 발상은 나쁘지 않았지만 마력을 충전할 수 있을 만한 물질에 짐작 가는 건 없었다. 뭔가 좋은 게 없을까?

"옳거니. 멜리다 님이 왜 그런 말씀을 하신 건지 잘 알았다. 이걸 국가에 헌상한다면 틀림없이 국보취급을 받겠지. 그리고 이 정도의 부여를 이토록 간단히 해내는 것 또한, 대단하다고 해야 할지……."

"확실히 이건 대단한 물건이군요. 하오나 아바마마, 이건……."

"그래, 나도 알고 있다. 신 군, 잠깐 내 이야기를 들어보거라."

"뭔데? 디스 아저씨."

"신 군, 이 부여는 참으로 훌륭하구나. 아니, 지나치게 훌륭해. 그러니 이게 세상에 알려지게 된다면 엄청난 일이 벌어지겠지. 명심하거라. 이 사실을 절대로 외부에 발설해서는 안 돼."

"딱히 주위에 떠들고 다닐 생각은 없는데, 그렇게까지 당부할 만한 일이야?"

"그럴 만한 일이고말고. 만약 이 사실이 군부에 전해진다면……."

"전해진다면……?"

"군부에서 주변 나라에 선전포고를 하자고 나설 가능성이 크겠군."

"선전포고?!"

"어디 한 번 생각해보려무나. 마법도 물리 공격도 통하지 않아. 상처도 금방 나아. 그런 부여가 된 방어구를 입은 병사들이 모여 있다면 다른 나라의 군대 따윈 상대도 되지 않겠지?"

"그, 그건……."

"인간은 유혹에 약한 생물이란다. 다른 나라보다 압도적으로 유리한 상황에서 싸울 수 있다는 걸 알게 된다면 그 유혹에 굴복하는 인간이…… 틀림없이 나올 거다."

"그, 그럴 수가……!"

나는…… 모두의 몸을 지키려는 생각으로…… 고안한 것뿐인데…… 전쟁의 도구가 될 거라는 생각은 눈곱만큼도 하지 못했다.

……뭐랄까…… 내 생각과 이 세계의 현실과의 차이를 절감한 기분이었다.

"그런가. ……그야 그렇겠지. ……그렇게 될 가능성은 전혀 생각 못 했어."

"아아…… 신이…… 신이 처음으로 반성을!"

어째선지 할머니가 감동했다. 실례야. 지금까지도 반성은 했거든?! 다음번에는 실패하지 말자든가…….

"응, 응. 알면 됐다. 이 일은……."

"사실은 오그의 교복에도 같은 걸 해주려고 했는데…… 이런 게 더 늘어나는 건 위험하겠지."

"어? 신 군? 잠깐 그건……."

"미안, 오그. 네 교복에는 못 해줄 것 같아."

"잠깐 기다려보게, 신 군! 아니, 확실히 외부로 발설하는 건 위험해. 하지만 그 효과가 무척 유용한 것도 사실. 올바르게 쓰기만 한다면 문제 될 게 없지 않느냐!"

"그건 그래. 애당초 전쟁에 쓰려고 만든 게 아니니까."

"음, 음. 몸을 지키기 위한 수단으로는 더할 나위 없는 물건이겠지. 그리고 역시 왕족에게는 나름대로 방비가 필요하다고 생각하지 않나? 음. 음."

"아저씨……."

"아바마마……."

……디스 아저씨는 필사적이었다.

원래 오그의 교복에도 부여해줄 생각이었으니 난 딱히 상관없었지만—.

"……아바마마의 이런 모습은 보고 싶지 않았습니다."

오그는 엄청나게 미묘한 얼굴이었다. 왕성에서는 위엄 있는 모습밖에 본 적이 없었던 거겠지.

"오그, 이 틈에 익숙해져. 우리 집에선 자주 보는 광경이니까."

"……그래. ……그런가……."

결국 오그의 교복에도 같은 부여를 해주었다. 다른 사람들에게도 같은 부여를 해주겠다고 제안했지만 마리아는 거절했다.

"그런 국가기밀의 결정체 같은 교복은 입기 싫어……."

진심으로 싫은 얼굴로…….

참고로 호위인 토르와 율리우스에게도 반드시 필요하다고 하기에 부여해주었다.

결국 난 추가로 세 명의 교복에 마법을 부여했다. 먼저 완성한 교복을 시실리에게 건네주려고 했더니 오그보다 먼저 받을 수는 없다며 사양했다. 그래서 오그에게 먼저 줬다. 번거롭네 진짜.

"신 군, 고마워요. 조금 무섭기는 하지만…… 그래도 신 군이 진심으로 절 지켜주려고 한다는 게 느껴졌어요. 굉장히 기뻐요."

시실리는 웃으면서 나에게 감사의 말을 전했다.

……역시 귀엽다.

어떻게든 이 아이를 지켜주고 싶었다. 하지만 종일 따라다닐 수도 없는 노릇이고…….

"신, 이걸로 다 끝난 게냐?"

"음~ 아까도 말했지만 이건 완벽하지 않아. 만에 하나의 경우를 생각하면 좀 더 뭔가 해주고 싶은데……."

"허허, 그럼 나에게 좋은 제안이 있단다."

"어?! 그게 뭔데? 할아버지!"

"그 전에 확인할 게 있구나. 아가씨, 집은 어디에 있는지. 통학은 어떤 식으로 하는지 알려줄 수 있겠는가?"

"집은 여기서 10분 정도 떨어진 곳에 있어요. 통학은 마리아랑 걸어서 다닐 예정이었구요."

"이 왕도는 치안이 좋으니까 원래는 걸어서 등교해도 문제 없겠지만…… 아가씨가 가장 위험한 건 등하교 때겠지. 그때 노려질 가능성이 클 게다."

"그런……."

"그래서다. 매일 아침 신이 아가씨의 집까지 데리러 가서 함께 다니는 건 어떻겠느냐."

"멀린! 당신…… 그것참 좋은 생각이네!"

"허허, 당신이 생각하기에도 그렇지?"

할아버지는 의기양양한 얼굴이었다. 아까 할머니에게 좋은 부분을 다 뺏겼으니 어떻게든 만회하고 싶은 거겠지.

……그런데 뭐?

"하지만…… 그건 신 군에게 무척 부담이 되지 않을까요?

일단 저희 집에 온 다음에 등교하는 건…… 아무래도 좀."

시실리는 자신이 카트에게 노려지고 있는데도 내 걱정을 먼저 했다. 정말 마음씨 고운 아이였다.

"후후, 그거라면 걱정할 필요 없다. 신은 어떤 마법을 써서 널 데리러 갈 테니까."

"멜리다…… 그건 내가 말하려고 했는데……."

할아버지가 약간 밀리는 형세였다.

"그럼 얼른 말할 것이지."

"지금부터 말할 예정이었다고. ……아가씨, 그런 건 걱정할 필요 없단다. 신에게는 어떤 편리한 마법이 있으니 그걸 쓰면 딱히 부담될 일도 없을 터."

"편리한 마법이요?"

"아, 그거 말이로군."

디스 아저씨의 동공이 풀렸다. 그런 표정까지 지을 건 없잖아.

"신, 그 마법을 보여주지 않겠느냐?"

"상관없는데, 목적지는 어디로?"

"흠…… 숲에 있는 우리 집이면 되겠지."

"알았어."

나는 우리가 살던 집을 머릿속에 떠올렸다.

『게이트.』

그리고 알기 쉽게 마법명을 영창했다.

그러자 바로 눈앞에 빛나는 게이트가 나타났다.

나는 당황하는 모두를 힐끔 쳐다본 후에 게이트로 다가가 들어오라는 말을 하고 먼저 들어갔다.

게이트 앞에 있는 건 그리운 우리 집. 몇 달 만의 귀가였다.

그리고 차례차례 게이트에서 나오는 일행. 다들 나오자마자 눈을 동그랗게 떴다.

"여전히 이 마법은 굉장하네."

"오랜만의 우리 집이로군. 결계는 제대로 작동하고 있는 모양일세."

"당연하지. 누가 부여한 건데."

어른들은 전에 봤던 거라 차분했지만 동급생들은 숫제 말이 나오지 않는 얼굴이었다.

"여기가 내가 얼마 전까지 살던 집이야."

그렇게 말하자 오그가 겨우 제정신을 차리고 입을 열었다.

"잠깐 기다려. 분명 넌 숲속에서 자랐다고 했지?"

"응. 여기가 그 숲속이야."

"어떻게 우리가 거기 있는 거지?"

"게이트를 썼으니까."

"게이트?"

"응, 게이트. 지금 있는 장소와 가고 싶은 장소를 직접 연결하는 마법이야."

"설마…… 전이 마법……."

"음~ 전이하고는 좀 다른 건데 말이지."

그 점은 설명해봤자 아마 이해하지 못할 테니 굳이 설명하지는 않았다.

전에 할아버지에게 설명했을 때도 이해하지 못했으니까. 이공간 수납 마법은 쓸 줄 알면서…….

"저, 전이 마법……."

"……그건 이야기 속에서만 나오는 거였죠?"

"다들 말하는 것처럼 상식이 부족하다는 생각은 해본 적이 없는데 이건……."

"마법의 상식을 모르는구려……."

이미지하기만 하면 쓸 수 있으니 어쩔 수 없잖아.

그리고 난 집을 쳐다보다가 문득 깨달았다.

응? 왜 집에 건 결계의 마도구는 계속 발동하고 있는 거지?

"저기, 할머니."

"응?"

"이거 말야. 결계 마도구는 어떻게 계속 발동하고 있는 거야?"

"그, 그건 그게, 그거란다! 그거! 이 할머니의 비술이지!"

"비술이라니……."

"그런 것보다, 자! 마법도 보여줬으니 얼른 돌아가자꾸나!"

"으, 응……."

그리고 다시 게이트를 열어서 왕도에 있는 집으로 돌아왔다.

◇

'위, 위험했어…….'

멜리다는 신의 질문을 억지로 얼버무렸다.

분명 납득하지는 않았겠지만…….

사실 신이 고민하던 마력의 충전과 그 기술을 도입한 마도구의 상시 사용은 이미 실용화되어 있었다. 마력을 충전할 수 있는 물질도 존재했다.

그렇다면 왜 멜리다는 그 사실을 신에게 가르쳐주지 않은 것일까.

그건 애당초 마력을 충전할 수 있는 물질이 엄청나게 고가인 데다가 몹시 희귀하기 때문이었다. 실제로 멜리다가 소유한 것도 딱 하나뿐이라 신에게 빌려주는 건 무리였다. 그리고 가장 큰 이유는—.

'신에게 마석의 존재를 가르쳐주면 어떤 일이 벌어질지 몰라.'

멜리다는 그게 가장 두려웠다. 그리고 무엇보다…….

'저 아이라면 마석을 창조해낼지도…….'

마석이란 이 세계에 충만한 마력이 오랜 세월에 걸쳐서 결정화된 물질이었다.

어떤 원리로 결정화되는 건지는 아직 해명되지 않았다. 대부분 땅속에서 발견되므로 뭔가 특수한 지반과 성분이 생성에 관여한 게 아닐지 다양한 시점에서 연구가 진행되고 있지만, 아직도 결론에 도달하지는 못했다.

'하아…… 하지만 조만간 수업에서 배울 테니 알게 되는 건 시간문제겠지…….'

멜리다의 고민은 끊일 새가 없었다.

◇

어째선지 할머니가 억지로 화제를 바꿨다. 말할 수 없는 건지, 안 해주는 건지는 모르겠지만 그게 할머니의 뜻이라면 어쩔 수 없다. 어떻게 하는 건지는 모르겠지만 마도구를 상시 이용하는 방법은 존재하는 모양이니 조만간 배울 수 있을 테지. 그것보다 지금 중요한 건 등하교 문제였다.

"이제 알겠지? 신은 이 『게이트』를 써서 아가씨의 집까지 마중을 갔다가 다시 여기로 돌아올 거란다. 그리고 여기서 다 같이 학교로 걸어가면 되겠지. 그리고 하교 때는 일단 이 집까지 와서 다시 아가씨의 집으로 『게이트』를 열어서 보내주면 안전할 게다."

"멀린, 그것참 좋은 제안이네. 시실리, 넌 매일 우리 집으로 와서 학교에 다니렴!"

"이게 있으면 신 군에게 부담을 줄 일은 없는 거죠?"

"그래. 그러니 신을 걱정할 필요는 없단다."

"예. 신 군?"

"응?"

"저기…… 부탁해도 괜찮을까요?"

"응, 물론이지!"

"자, 그럼 어서 아가씨네 집에 가볼까."

"어? 어째서 저희 집에……."

"아, 이 마법은 내가 가본 적이 있는 장소밖에 못 가거든."

"그런 게다. 그러니 지금부터 아가씨네 집에 한 번 가볼 필요가 있는 게지."

"아, 그런 건가요."

"그래. 그럼 얼른 출발하자."

할아버지와 할머니는 따라갈 의욕이 넘치는 듯했다.

"왜 할아버지랑 할머니도 가려는 거야?"

"앞으로 아가씨의 안전을 책임져야 하는 입장인데 한 번도 얼굴을 내비치지 않는 건 말도 안 되지 않느냐."

"보호자끼리 인사를 나누는 게 당연하지."

그게 당연한 상식인가? 진짜로?

"좋아. 그럼 준비하고 나가볼까."

"디스 아저씨는 잠깐 기다려."

"왜냐."

"국왕이 이렇게 쉽게 가신의 집을 방문해도 괜찮은 거야?"

"그렇습니다, 아바마마. 저도 참을 테니 아바마마도 참아주시죠."

"하아, 들켜 버렸나. 혼잡한 틈을 타서 은근슬쩍 따라갈 셈이었다만."

결국 시실리네 집에는 하교할 때와 마찬가지로 나, 할아버지, 할머니, 시실리, 마리아만 가기로 했다.

걸어서 10분이라고 했으니 마차를 타면 4분도 걸리지 않았다. 금방 도착한 시실리네 집은 자작가의 저택인 만큼 우리 집보다 컸다. 그리고 문 앞에 있던 문지기가 이쪽으로 다가왔다.

"실례지만 누구십니까?"

응? 아, 그런가. 나갈 때는 부모님과 가문의 마차를 탔을 테니, 문지기는 여기에 시실리가 탔으리라고 예상하지 못할 것이다.

"마이크 씨, 저예요. 다녀왔습니다."

"아가씨?! 다른 마차에 타고 돌아오시다니, 대체 무슨 일이 있었던 겁니까!"

요즘 들어서 카트와 얽힌 문제가 자주 벌어진 탓에 꽤 경계하는 듯했다.

"괜찮아요. 절 데려다주신 것뿐이니까요."

"그렇습니까……. 그럼 그분들은?"

"이쪽은 현자 멀린 님, 도사 멜리다 님. 그리고 두 분의 손자인 신 군이에요."

“컥! 현자님?! 도사님?!”

엄청나게 놀라네. 그야 당연한가. 갑자기 눈앞에 영웅들이 나타났으니 놀랄 만도 했다.

“허허, 지나가도 괜찮겠나?”

“아, 예! 물론입니다!”

“고마우이.”

“저, 저기!”

“흠?”

“아, 악수를 청해도 괜찮겠습니까?”

“허허, 상관없네.”

“감사합니다!”

“시실리네 집을 잘 지켜줘.”

“예!”

아아, 또 눈물을 글썽거린다.

그리고 저택에 들어갔다. 게이트를 열 만한 곳을 확인해 둬야겠다.

안으로 들어가자 입학식이 끝난 후 먼저 돌아온 시실리의 부모님이 우리를 맞이했다.

“오오! 이제야 왔구나, 시실리! 자, 어서 현자님과 도사님의 이야기를 들려다……오…….”

“아버지, 어머니. 다녀왔습니다. 그리고 이분들은…….”

“혀, 혀혀혀현자님?! 도사님?!”

"처음 뵙겠구려. 내가 멀린일세."

"나는 멜리다라고 하네."

"예! 처음 뵙겠습니다! 전 세실 폰 클로드라고 합니다! 마, 만나 뵙게 돼서…… 영광…… 흑……."

시실리네 아버지는 흐느껴 울기 시작했다!

"어머나, 이이도 참. 죄송합니다. 전 시실리의 어미인 아일린 폰 클로드라고 합니다. 그런데 현자님과 도사님께서 어떤 용무로 저희 집에?"

시실리네 어머니는 의아한 표정으로 질문했다. 그녀는 시실리와 똑 닮은 미인이었다. 시실리보다 진한 파란 머리에 전체적으로 나이를 먹은 듯한 인상을 받았다.

참고로 아버지는 금발벽안의 미남자였다. 귀족! 이라는 감탄사가 절로 나올 법한 우아한 느낌의 사람이다. 지금은 훌쩍훌쩍 울고 있지만…….

"허허, 그 전에 신아."

"처음 뵙겠습니다. 멀린과 멜리다의 손자인 신이라고 합니다."

"내 손자……."

어라? 이번에는 할머니가 울려고 했다.

"어머, 당신이 시실리를 구해준 신 군? 그때는 정말 고마웠어요."

"오오, 그렇지. 신 군! 정말 고맙네! 자네는 시실리의, 아니. 우리 가문의 은인일세!"

"아, 아뇨. 당연한 일을 한 것뿐인데요."

"그 일 때문에 할 말이 있어서 온 걸세."

"예?"

할아버지는 내가 매일 등하교할 때마다 시실리와 함께 다닐 거라는 사정을 전했다.

"아니, 그건…… 아무래도 신 군을 너무 의지하는 게…… 꽤 부담을 줄 것 같습니다만."

"그건 걱정하지 않아도 되네."

그리고 또 게이트를 열어서 이번에는 집으로 갔다.

"응? 벌써 돌아온 건가?"

디스 아저씨가 있었다. 아직도 안 갔어? 일 좀 해.

"폐하?!"

아, 세실 씨가 엄청나게 놀랐다. 당연하다. 그러니까 얼른 돌아가서 일해.

"아, 게이트에 관해 설명하는 중이었나."

우리는 디스 아저씨를 무시하고 시실리네 집으로 돌아왔다.

게이트 마법도 놀랍지만 그 너머에 자기 나라 국왕이 있었으니 그야 더더욱 놀랄 만도 했다.

"그런 고로 신은 이 마법으로 오고 갈 예정일세. 부담도 없고 무엇보다 안전하지."

"그렇게까지 신경 써 주시다니…… 정말로 감사드립니다!"

"아, 그렇게까지 고마워할 필요는 없어. 그것보다 둘 다 잠깐 귀 좀 빌려줘 봐."

"예? 아, 예……."

할머니는 시실리의 부모님에게 뭔가 귓속말을 했다. 그리고 서로 얼굴을 마주 보더니 악수를 했다. 뭐지? 뭔가 합의했어? 그리고 할아버지는 이번에도 공기 취급이었다.

"……."

히, 힘내! 할아버지!

그리고 게이트를 접속할 장소도 정했다. 갑자기 나타나면 집안사람들이 놀랄 테니 빈방을 쓰기로 했다. 그리고 방 안에서 내가 노크를 하고 도착했다는 걸 알리는 방식이다.

고용인들에게도 이 사실을 전하면서 절대로 외부로 발설해서는 안 된다는 맹세를 받았다.

"그럼 이걸로 다 끝난 건가? 슬슬 갈게. 시실리, 내일부터 데리러 올 테니까 마리아랑 같이 기다려."

"예. 오늘은 정말 고마웠어요. 앞으로도 잘 부탁드려요."

"이야~ 나도 덕을 보게 됐으니 좀 미안한걸."

"그게 무슨 소리야? 옆집에 사는데 너만 두고 갈 수는 없잖아."

"아니, 그게 두 사람 사이를 방해하는 게 미안해서……."

"그런 배려는 필요 없어!"

분위기가 미묘해지잖아!

"그럼 내일 보자."
"예, 그럼 내일 또."
"잘 가~!"
그렇게 인사를 나누고 집으로 돌아왔다.

신 일행이 시실리의 집으로 떠난 후에 아우구스트는 이렇게 중얼거렸다.
"호위를 데리고 다니면 충분할 텐데 일부러 무시하셨군."
그는 멀린과 멜리다의 속셈을 간파하고 있었다.

◇

다음 날 아침, 나는 시실리네 집으로 갔다.
준비된 방에 게이트를 열자 건너편에 이미 시실리와 마리아가 기다리고 있었다.
"좋은 아침. 벌써 와 있었네?"
"좋은 아침이에요, 신 군. 도움을 받는데 기다리게 할 수는 없으니까요."
"좋은 아침~. 난 왠지 진정이 안 돼서 일찍 일어났지 뭐야."
이미 준비는 끝난 것 같으니 바로 출발하자.
아, 그 전에 시실리의 부모님에게 인사해야지.
식당에 있다고 하기에 방을 나와서 인사하러 갔다.

"안녕하세요. 세실 씨, 아일린 씨."

"오오, 잘 왔네. 신 군."

"어머, 어서 와요. 신 군."

두 사람은 날 환영해주었다. 세실 씨는 출근할 예정인지 어제 본 입학식용 예복이 아닌 정장 같은 옷을 입고 있었다. 목에 감은 스카프가 옷과 잘 어울려서 엄청 멋지게 보였다.

"응? 신 군, 나한테 뭐라도 묻었나?"

아, 너무 빤히 쳐다봤나. 조금 실례였을까?

"아, 죄송합니다. 왠지 엄청 멋지다는 생각이 들어서요. 이제 일하러 가시는 건가요?"

"하하하, 고맙네. 이제 출근하려던 참일세. 그리고 이 옷은 아내가 골라준 거고 나에겐 이런 센스가 없다네. 패션에는 그다지 신경 쓰지 않는 성격이다 보니."

"우후훗, 칭찬해줘서 고마워요. 신 군. 괜찮다면 신 군의 옷도 내가 골라줄까요?"

"아, 아뇨. 전 괜찮습니다."

"어머, 사양하지 않아도 괜찮은데."

아일린 씨는 웃으면서 나에게 말을 걸었다.

"신 군! 어서 가죠! 아버지도! 얼른 일하러 가셔야죠!"

그러자 시실리가 어서 가자고 재촉했다.

"어머? 시실리도 참. 우후훗."

"왜, 왜요? 어머니."

"아니, 아무것도 아니란다."

"어, 어머니도 참!"

이런 시실리는 처음 봤다. 가족에게만 보여주는 얼굴인가? 어딘지 모르게 생동감이 넘치는 표정이다.

"신 군! 어서 가요!"

"으, 응."

나는 시실리에게 팔을 잡혀서 식당을 나왔다.

"어머나, 우후후."

"시실리도 어느새 어른이 다 됐군……"

뒤에서 그런 목소리를 들으며 게이트를 열었던 방으로 돌아왔다.

그 자리에서 바로 게이트를 열어도 상관없지만 일단 다른 사람들을 배려해서였다.

다들 식사하는 데 마법을 쓰는 건 예의가 아니라는 생각이 들어서다.

그리고 다시 게이트를 열려고 하자 마리아가 이렇게 말했다.

"저기, 언제까지 팔짱 끼고 있을 거니?"

그 말을 듣고 시실리가 아직도 내 팔을 잡고 있는 걸 깨달았다.

"아! 미, 미안해요!"

"어? 아니, 난 별로 상관없는데."

오히려 이득이지.

"어머나? 내가 쓸데없는 소릴 했나~?"

마리아는 해죽해죽 웃었다.

"얘, 얘도 참! 마리아!"

"후후훗, 시실리는 정말 귀엽다니까!"

미소녀 둘이 장난치는 모습. 정말 멋진 광경이다. 이건 멋진 광경이다!

"이제 가자."

""예~!""

그리고 게이트를 통해 우리 집으로 돌아왔다.

"오오, 시실리 양. 마리아 양. 어서 오게."

"둘 다 어서 오너라."

"안녕하세요. 멀린 님, 멜리다 님."

"안녕하세요."

여기서도 또 인사가 시작되었다. 이러다 언제 등교하지.

"그럼 할아버지, 할머니. 다녀올게요."

"그래, 열심히 하려무나."

"제발 좀 자중하렴!"

모처럼 수업을 듣게 됐는데 나만 힘을 빼는 건 솔직히 싫지만—.

"알았어, 할머니."

이렇게 두 사람의 배웅을 받으니 정말로 친할아버지와 친할머니처럼 보였다.

정말로 왜 재혼을 안 하는 걸까.

그리고 걸어서 15분 만에 학교에 도착했다. 도중에 색적 마법을 쓰는 것도 잊지 않았다. 갑작스러운 마력의 변동이 있어도 바로 눈치챌 수 있도록…….

하지만 결국 별 탈 없이 도착했다.

나는 약간 허탈한 기분이 들었고 두 사람은 긴장했었는지 도착하자마자 안도의 한숨을 내쉬었다.

하지만 상대도 같은 학교 안에 있으니 아직 안심할 수는 없었다. 그래도 차라리 학교 안은 낫다. 주위에는 다른 학생들과 선생님들도 있으니까.

지금까지 오그에게 두 번이나 주의를 받았으니 학교에서 시비를 걸어올 일도 없으리라.

교실에 들어가 보니 우리가 거의 꼴찌로 온 듯했다.

"안녕, 신. 입학하자마자 여자를 데리고 등교라니, 역시 대단하군."

"안녕, 오그. 그리고 시끄러워! 사정을 다 알면서."

"알고는 있지만 놀리지 않고는 못 배기겠군."

"너……."

"안녕하세요, 신 님."

"좋은 아침이구려, 신 님."

호위 두 사람도 함께 있었다. 율리우스는 여전히 무사다웠다.

"응, 두 사람도 안녕."

다른 반 친구들과도 인사를 나누자 앨리스가 교실로 뛰어 들어왔다.

"뜨아! 안 늦었지?! 괜찮은 거지?!"

"늦지는 않았는데…… 수업 첫날부터 아슬아슬하게 등교하는 건 좀 그렇지 않아?"

"이야~ 오늘 수업이 기대돼서 잠이 안 오더라구. 늦잠 잤지 뭐야."

"네가 무슨 어린애야?!"

열다섯이면 이 세계에서는 성인인데 말이다.

"다들 좋은 아침. 조회를 시작하마. 모두 자리에 앉아."

그런 대화를 나누고 있자 알프레드 선생님이 들어왔다. 정말 아슬아슬했던 모양이다.

"다 온 건가. 어젯밤에는 다들 잘 잤나?"

""안녕하세요.""

"그럼 오늘 예정을 전달하마. 어제 말했던 대로 오전 중에는 학교 시설을 안내. 점심시간 후에는 마법 실습이 있을 예정이다. 바로 안내를 시작할 테니 제1 연습장에 모이도록. 딱히 뭔가 가져올 필요는 없다……고는 해도 다들 이공간 수납 마법은 쓸 수 있는 모양이군. 과연 S클래스 학생다워. 그럼 오늘 연락 사항은 이상이다. 뭔가 질문은 없나?"

가방을 가져온 학생은 아무도 없었다. 이건 즉, 다들 이공간 수납 마법을 쓸 수 있다는 뜻이다.

오는 도중에 가방을 든 학생들도 종종 보였으니 마법사라고 해서 모두 쓸 수 있는 건 아닌 듯했다.

아마 이공간 수납 마법의 습득 여부가 S클래스에 들어올 수 있는 기준 중 하나가 아닐까.

고등 마법학원은 두 개의 건물로 구성되어 있었다.

하나는 교실이 있는 건물. 한 학년마다 네 개의 반이 있고 1학년은 3층, 2학년은 2층, 3학년은 1층을 썼다.

다른 건물에는 교무실과 학생회실과 실험실과 연구회의 연구실 등이 있었다.

이 연구회라는 건 까놓고 말해 부 활동 같은 개념이다.

방출계 마법을 연마하는『공격 마법 연구회』.

부여 마법을 써서 다양한 마도구를 만들어내는 게 목적인『생활 향상 연구회』.

신체 강화 마법을 단련하는『육체 언어 연구회』등이 있다고 한다.

……마지막의 그건 대체 뭐야?! 마법사로서 완전히 길을 잘못 든 거 아니야?! 그리고 이 이야기를 들은 율리우스는 눈을 반짝반짝 빛냈다. 역시!

"전하의 호위 임무만 없다면 꼭 참가하고 싶은 연구회구려……."

"뭐야. 난 괜찮으니까 참가하면 되잖아."

"아니외다. 그럴 수는 없소이다."

"여긴 고등 마법학원이라고. 왕족의 권위가 통하지 않는 곳이잖아? 따라서 내가 널 묶어둘 권한도 없는 셈이지."

"하오나……."

"뭐, 이 학교 안에 있는 동안은 자유롭게 행동해도 돼."

"전하…… 마음을 써주셔서 감사하외다……."

오그는 율리우스를 배려했다. 이런 점은 솔직히 대단한 것 같다.

그런데 오그를 쳐다보자 씨익 웃는 게 아닌가.

아! 이 녀석, 이 기회에 귀찮은 호위를 떼어놓을 셈이다! 율리우스, 넌 속고 있어!

"오그…… 너……."

"응? 왜 그래? 신. 들어가고 싶은 연구회라도 있나?"

"아니, 그런 건 아닌데……."

"그런가. 하긴 그렇겠지. 네 눈에 찰 만한 게 있을 리가. 차라리 직접 연구회를 열어 보는 건 어때?"

"으, 응?"

뭔가 단숨에 화제를 다른 방향으로 끌고 갔다. 얼버무리려는 의도가 뻔히 보였다.

"호오, 월포드가 만드는 연구회라. 그건 흥미 깊군."

오그를 힐문하려 하자 알프레드 선생님이 오그의 제안에 관심을 보였다.

"그렇죠? 선생님. 저도 신이 어떤 연구회를 만들고, 어떤 활동을 할지 관심이 있습니다."

"확실히 흥미 깊어."

평소에 거의 말이 없는 린도 대화에 참가했다.

"나도 관심 있어! 만약 만들 거라면 나도 들어가고 싶어!"

"나도 들어가고 싶을지도오~."

"나도 들어가고 싶은걸. 거기 들어가면 계속 S클래스에 남을 수 있을 것 같으니까."

"선생님. 연구회는 어떻게 만드나요?"

"다섯 명 이상의 회원과 담당 교사를 모아서 신청서를 제출하면 돼."

"그렇다면 연구회의 이름도 생각해봐야겠네요."

다들 차례차례 의견을 꺼냈다. 어라? 어느 틈에 연구회를 만들자는 분위기가 되어 있었다.

"저, 저기 다들 잠깐……."

"신 군이 연구회를 만든다면 저도 들어가야겠죠?"

"어? 응, 그렇겠지?"

시실리도 그런 말을 꺼냈다.

"아! 그럼 『영웅 연구회』는 어떨까?"

"뭐야 그게."

"신 군에게 멀린 님과 멜리다 님에 대해 배우는 거야!"

"그건 이미 있다던데. 이야기와 무대, 그리고 그 기반이 된 자료를 연구하고 논의해서 어떻게 하면 멀린 님과 멜리다 님 같은 경지에 오를 수 있을지 연구하는 모임이라더군."

"있는 거야?!"

진짜?!

"그런가, 아깝다."

"어떤 연구회로 할지는 오후 수업이 끝난 후에 결정하면 되겠군."

"그건 그러네요. 그때 정할까요?"

"그럼 그때 신청서를 가져올 테니까 참가하고 싶은 녀석은 그 전에 결정해둬라."

정해졌어! 내 의견은 전혀 듣지도 않고 연구회를 만들기로 정해졌다고!

"저기 말야……. 그런 걸 맘대로 정하지 말아 줄래?"

"뭐야. 역시 들어가고 싶은 연구회가 있는 거냐?"

"역시 영웅 연구회?"

"아니…… 그건 질릴 정도로 알고 있으니까……."

"월포드, 개인적으로 난 괜찮을 것 같다만. 넌 유명하니까 각 연구회에서 권유가 끝이지 않겠지. 그중에서 하나를 고르는 건 보통 일이 아닐 거다."

"뭐, 그야 그렇겠지만요……."

"그리고 담당 교사는 내가 맡아주마. 회원도 우리 반 학생들은 전원 참가하겠지. 이걸로 딱히 문제 될 건 없겠군."

“맞아, 신 군! 한 번 해보자!”

“하아…… 알겠습니다.”

어째선지 연구회를 만드는 흐름이 되고 말았다. 왜 이렇게 된 걸까?

“후후, 기대되는걸? 신.”

맞아! 전부 이 녀석이 이야기를 그런 방향으로 끌고 가서 이렇게 된 거였어!

“오그…… 너어…….”

“자, 어서 남은 곳도 둘러보고 식사나 하러 가자.”

“““예~.”””

결국 오그에게 따질 시간은 없었다. 오그는 계속 웃고 있었다. 이 자식이…….

그리고 학교 안을 돌아다니다가 연습장으로 갔다. 이 학교에는 총 세 개의 연습장이 있는데 내가 시험 볼 때 쓴 건 제2 연습장이었다. 다른 학생들은 제1과 제3 연습장을 썼다고 한다.

이 세 개 중에 가장 강고한 마법 장벽이 펼쳐져 있는 곳이 제1 연습장이라는 모양이다.

주로 S클래스와 고학년이 쓰는 곳이라고 한다.

그리고 마지막으로 식당에 갔다. 여기저기 돌아다니다가 마침 점심시간이 돼서 그대로 점심을 먹은 후 일단 해산했다.

전에 이 식당은 공짜라고 들었는데 메뉴가 굉장했다.

요리를 순서대로 골라서 쟁반에 담는 방식이었고 고기 요리, 생선 요리, 수프, 샐러드, 빵도 여러 종류가 마련되어 있었다. 자기도 모르게 과식해버린 신입생이 식당에서 괴로워하는 모습은 신학기에 자주 있는 풍경이라는 모양이다.

우리 중에서는 앨리스, 율리우스가 그랬다.

그리고 마침내 오후 마법 실습 시간이 찾아왔다.

다들 약간 긴장한 것 같으면서도 즐거운 표정이었다.

알프레드 선생님이 온 것을 신호로 모두 정렬하고 수업이 시작되었다.

"좋아. 다들 왔겠지? 그럼 고등 마법학원의 첫 수업을 시작하겠다."

""잘 부탁드립니다!""

"그렇다고는 해도 대단한 건 아니다. 입학시험 때 보여준 마법을 다시 한 번 써보는 정도지."

그 말에 다들 긴장이 풀린 분위기가 느껴졌다.

"좋아. 그럼 바로 시작해볼까. 어제 자기소개는 성적순으로 했으니 오늘은 반대로 가보자. 리텐하임. 너부터 해봐라."

"알겠소이다."

처음은 율리우스인가……. 사실 어떤 마법을 쓸지 관심이 있었다.

"그럼 가겠소이다!"

율리우스는 그렇게 말하고 자신의 몸에 마력을 두르기 시작했다. 그리고―.

"으랴아아아아아아아아아아아!"

신체 강화 마법을 쓰더니 시작 위치에서 말 그대로 날아갔다.

"흐아아아아아아압!"

그리고 마력을 두른 주먹으로 표적을 때려서 파괴했다.

……이, 이걸 마법사의 마법이라고 불러도 괜찮은 걸까?

하지만 굉장히 인상적인 것도 사실이었다. 시험에 통과하기 위해 이런 행동을 하다니…….

주위를 둘러보자 다들 아연실색한 얼굴이었다.

토르는 이마에 손을 댄 채 한숨을 흘렸고, 오그는 배를 잡고 웃었다.

율리우스의 강렬한 인상에 다들 위축된 모습이었지만 뒤를 이어서 차례차례 마법을 펼쳤다.

과연 S클래스. 전원이 멋지게 표적을 파괴했다.

치유 마법이 특기라는 시실리와 부여 마법이 특기라는 유리도 표적을 문제없이 파괴했다.

"자, 그럼 마지막으로 월포드."

"예."

입시 때와 같은 마법이라면 그건가.

나는 푸르스름한 불꽃을 생성했다.

"무, 무영창?!"

"푸르스름한 불꽃은 처음 봤어……."

"예뻐……."

그리고 불꽃 탄환을 발사했다.

콰아아아아아앙!

표적을 파괴한 불꽃 탄환은 그대로 마력 장벽에 부딪쳐서 연습장을 뒤흔들었다. 이 정도면 시험 봤을 때와 비슷한 수준일까?

"괴, 굉장해……."

"이게…… 영웅의 손자……."

"굉장하군. 설마 이 정도일 줄이야……."

다들 놀라서 굳어 있었다. 내가 마지막 차례라 조금 힘이 들어간 걸지도 모르겠다.

"조, 좋아. 그럼 다들 끝났군. 오늘 수업은 너희들의 현재 실력을 보겠다는 의도도 있었지만, 동시에 다양한 마법을 감상해보자는 의도도 있었다. 알다시피 마법은 이미지가 제대로 잡혀 있지 않으면 발동하지 않아. 그걸 보완하기 위한 수단이 영창이다만, 실제로 눈으로 보는 게 가장 이미지하기 쉬울 테니까. 그리고 각자가 자신 있어 하는 마법이 뭔지 알 기회도 됐겠지. 앞으로 배우고 싶은 마법이 있으면 조언이 필요할 때도 있을 거다. 뭐, 원래는 우리 교사들의 역할이지만 모처럼 같은 반이 됐으니 친구들끼리 절차탁마하는 것도 나쁘지 않을 거다."

옳거니. 모처럼 같은 반이 됐으니 그런 관계가 되는 게 가장 이상적일 것 같았다.

"그럼 첫 마법 실습은 이걸로 끝이다. 짧다고 생각하겠지만 오늘은 첫날이니까 이 정도만 하지. 앞으로는 수업도 늘어날 테니 각오해."

"""예!"""

"수업은 이걸로 끝인데, 이게 오전 중에 말했던 연구회 신청서다. 회장은 월포드가 맡기로 하고 참가하고 싶은 사람은?"

"""예!"""

"옳거니. 1학년 S클래스 전원인가. 뭐, 예상했던 대로군. 남은 건 연구회의 이름인가."

내 의견은 전혀 듣지 않은 채 일이 척척 진행됐다.

"어라? 율리우스도?"

"그렇소이다. 신 님의 연구회라면 신체 강화 마법을 더 높은 경지로 올릴 수 있을 것 같구려."

"칫!"

오그는 혀를 찼다!

"좋은 게 떠올랐어."

린이 손을 들었다.

"호오, 어떤 이름이지?"

"『궁극 마법 연구회』는 어때?"

궁극 마법 연구회~?!

손발이 오그라들어! 무슨 네이밍 센스가 그 모양이야!

하지만 다른 사람들의 반응은 호의적이었다.

"흠, 『궁극』이라. 확실히 신에게 잘 어울리는군."

"응. 월포드 군이라면 조만간 모든 것을 소멸시키는 공격 마법이나 절대로 파괴할 수 없는 방어 마법이나 전이 마법 같은 것도 쓸 수 있을 것 같으니까."

린은 마법에 관해서는 말이 유창해졌다.

죄송합니다. 전이 마법은 아니지만 게이트는 쓸 수 있는데요…….

"그거 괜찮네! 『궁극 마법 연구회』! 왠지 굉장할 것 같아!"

"확실히 굉장할 것 같지만…… 그 연구회에 소속되어 있다는 것만으로도 중압감을 받을 것 같아……."

마리아는 의외로 중압감에 약한 건가? 하지만 이 이름은…….

"정해진 모양이군. 그럼 신청서에 기재하면 신청 완료다."

결국 나에게는 한 마디도 물어보지도 않고 연구회가 완성되었다.

궁극은 좀 아니잖아…….

◇

신 일행이 학교에서 연구회의 이름을 정하느라 고민하고 있을 무렵, 왕성에서는 국장들이 모여 정기 회의를 하는 중이었다.

매달 열리는 이 정기 회의에서는 각 국장들이 월례 보고를 하지만, 오늘은 군무국의 국장이 수심에 잠긴 표정을 짓고 있었다.

"그럼 다음은 군무국이다만…… 왜 그러나, 도미니크. 무슨 문제라도 있었나?"

"예, 폐하. 실은…… 이번 달 업무 상황을 확인 중에 우연히 발견한 내용입니다만……."

도미니크 가스톨.

미셸 콜링의 후임으로 기사단 총장이 된 남자이며 군무국의 국장이기도 했다.

군무국은 기사단과 마법사단으로 구성되어 있고 기사단 밑에는 병사단이 소속되어 있다.

군무국장은 기사단 총장과 마법사단장이 교대로 맡는 방식이었고 이번 기수는 기사단 총장이 국장을 맡을 차례였다.

그런 역전의 기사단 총장이 수심에 잠겨 있는 모습에 문관들은 다들 긴장했다.

"실은 마물의 출현 숫자가 올 한 해 동안 급격히 늘어났다는 사실이 판명됐습니다."

"뭐라고?!"

예상치 못한 보고에 각 국장이 동요했다.

"그게 무슨 소리입니까! 그렇게 마물이 늘어났다는 말은 금시초문입니다만."

"확실히 마물이 증식했다면 온 나라가 혼란에 휩싸였겠지. 하지만 그런 소문은 어디에도……."

저마다 입을 열었다. 마물은 이 세계의 위협이자 국가의 전력을 동원해서 대처해야 하는 문제였다. 그런 마물의 숫자가 급증했다고 한다. 이건 그야말로 최악의 흉보였다. 하지만 현재 항간에는 그런 소문이 떠돌고 있지 않았다. 그렇다면 군무국장은 왜 이런 말을 꺼낸 것일까.

"믿을 수 없는 것도 당연해. 우리도 지금까지 눈치채지 못했으니까. 멍청하다는 소리를 들어도 할 말이 없어. 하지만 이건 엄연한 사실이다."

"도미니크, 자세히 말해 봐라."

"이번 월례 보고 자료의 담당자가 실수로 저에게 작년 자료를 보냈더군요. 그 실수 자체는 바로 눈치챘습니다만…… 그 후에 제출된 보고서를 확인하니 작년 이맘때와 비교하면 명백히 마물의 숫자가 늘어나 있었습니다."

"뭐라고!"

"그, 그럴 수가! 1년이 동안이나 눈치채지 못했다는 겁니까?!"

"군무국에는 일일 보고도 있을 터! 어째서 그런 사실을 눈치채지 못한 건가!"

"그 일일 보고가 원인이었습니다."

"뭐, 뭐라고? 그게 대체 무슨 소리인가."

"저희도 대체 왜 이렇게 된 건지 원인을 찾으려고 과거의 일일 보고서를 전부 재검토했습니다. 그 결과…… 조금씩…… 아주 조금씩 마물의 수가 늘어났더군요."

"조금씩 늘어났다고?"

"어제보다는 약간 증가, 다음 날은 같은 숫자. 그다음 날은 또 약간 증가…… 오차 범위 정도로 조금씩, 확실하게 늘어나고 있었습니다."

도미니크는 그래서 눈치채지 못했다고 말했다.

"하지만 토벌 담당자의 부담은 늘어났을 터. 그런데도 눈치채지 못했던 건가?"

"담당자도 모르더군요. 아마 조금씩 늘어나는 사이에 담당자도 익숙해진 게 아닐까 싶습니다."

그 보고에 긴장되었던 분위기가 풀어졌다.

"즉, 대응할 수 있다는 거군. 그렇다면 문제없지 않은가."

"그게 아닙니다. 확실히 지금은 대응할 수 있습니다만 마물의 숫자는 착실히 늘어나고 있습니다. 게다가…… 이건 어디까지나 제 개인적인 느낌입니다만, 인위적인 인상을 받았습니다."

"말도 안 돼! 마물이 인위적으로 늘어났다고?!"

"어디까지나 제 개인적인 느낌입니다. 하지만 이 데이터를 보면 다들 동감하실 겁니다."

그렇게 말하자 보좌관이 데이터를 배포했다. 그걸 본 각 국장도 표정을 일그러트렸다.

"폐하, 이건 이상 사태입니다. 시급한 조사가 필요합니다. 아무쪼록 대규모 조사 허가를 내려주시길 바랍니다."

"확실히 이건 묵과할 수 없는 사태로군. 알았다. 기사단, 병사단, 마법사단. 그리고 마물 헌터 협회를 동원해서 철저하게 조사하도록."

"예!"

"그리고 이 일은 극비사항이다. 정확한 정보가 들어오기 전까지는 함구하라."

"""예!"""

아직 국가의 수뇌부밖에 모르는 사실이지만 그들의 가슴 속에는 형언할 수 없는 불안감이 퍼져나갔다.

◇

그리고 그날 밤. 어느 귀족의 저택.

"카트! 카트는 어디 있느냐!"

그 저택의 주인인 러셀 폰 리츠버그의 목소리가 거칠어져 있었다.

"무슨 일이십니까. 아버지."

"어디서 뻔뻔하게! 난 오늘 폐하의 호출을 받았다! 이유는 너도 잘 알겠지?"

그 말을 들은 카트는 혀를 찼다.

"넌 대체 생각이 있는 거냐?! 삼대 고등학원에서 신분을 내세우는 건 엄격하게 금지하고 있거늘!"

"한 말씀 드리겠습니다만, 아버지. 그건 법이 잘못된 겁니다! 우리는 선택받은 인간입니다! 평민과 같은 취급을 받는 것 자체가 이상한 겁니다!"

"카트…… 너…… 넌 대체 무슨……."

러셀은 자기 아들이 완전히 다른 생물이 된 것만 같은 인상을 받았다. 아들이 무슨 말을 하는 건지 이해할 수 없었다. 분명 이런 이상한 소리를 하는 아이가 아니었을 텐데…….

하지만 흥분한 카트는 말을 멈추지 않았다.

"저는 선택받은 인간입니다! 특별한 인간이에요! 그런데 모두가 나를 깔보고 거역하다니! 이런 일이 용납될 리가 없어!"

"카트……."

러셀은 확신했다.

아들은 미쳤다.

그러는 사이에도 카트는 계속 혼잣말을 중얼거렸다.

"그래, 그 녀석이야. 그 녀석이 나타난 후부터 전부 이상해졌어. 여자도 내 뜻대로 안 되고 전하도, 전하도 그 녀석의 편을 든다면 차라리……."

"카아트으으으!"

퍼억!

러셀은 온 힘을 담아 아들을 때렸다. 문관이라 사람을 때리는 데 익숙하지 않은 그의 손이 빨갛게 부어올랐다.

“그 발언은 간과할 수 없다! 네 처분을 검토하마! 누구 거기 없느냐! 카트를 방으로 끌고 가서 가둬둬라!”

러셀과 카트의 대화를 지켜보던 고용인들은 경비원이 카트를 끌고 가는 모습을 망연자실한 눈으로 쳐다보았다.

러셀은 붓기 시작한 손을 쥐면서 중얼거렸다.

“카트…… 넌…… 대체 왜 이렇게 변해버린 거냐…….”

제3장 긴급사태 발생!

"카트가 자택근신?"

왠지 모르겠지만 연구회가 발족하고 그곳의 회장을 맡게 된 다음 날. 어제와 마찬가지로 시실리와 마리아를 데리고 등교하자 오그가 그런 이야기를 꺼냈다.

"그렇다더군. 오늘 아침 학교로 한동안 자택에서 근신하면서 반성시키겠다는 연락이 왔었다나 봐."

이렇게 해서 시실리를 위협하는 원흉이 사라졌다. ……이걸로 일단 안심해도 괜찮으려나?

"저기, 좀 궁금한 게 있는데. 카트는 왜 태도가 저런 거야? 삼대 고등학원에서 저런 식으로 신분을 내세워 거들먹거리면 안 된다는 건 다들 아는 사실이잖아? 게다가 오그에게 직접 주의까지 들었는데 개선되지 않다니, 위화감밖에 안 드는데……."

자국의 왕자라는, 거의 신분의 정점에 있는 인간의 말을 따르지 않는 신분 지상주의의 귀족. 진짜 영문을 모르겠다.

그러자 바로 오그, 토르, 율리우스가 미묘한 표정을 지었다.

"응? 왜 그래?"

"아뇨, 솔직히 우리도 당혹스럽습니다."

"소인들은 귀족과 유복층의 자제가 다니는 중등학원을 함께 다녔소만……."

"그 학교에는 카트도 있었지."

"어? 그랬어?"

처음 듣는 이야기였다. 뭐 하지만 셋 다 귀족…… 아니, 오그는 왕족이지만 귀족 자제들이 다니는 학교가 있다면 함께 다녔어도 이상할 건 없었다.

"그럼 좀 물어보겠는데 카트는 옛날부터 저런 느낌이었어?"

"그게 아니니까 당혹스러운 거야. 확실히 그 녀석은 자신감이 넘치는 성격이었지만 저 정도까지는 아니었는데……."

"예. 저는 그보다 신분이 낮습니다만, 그걸 이유로 핍박받은 일은 없었습니다."

지금의 카트밖에 모르는 나로선 믿을 수 없는 이야기였지만 옛날에는 저런 느낌이 아니었던 모양이다. 그렇다면 현재의 카트는 대체 왜?

"그러고 보니 전하. 중등학원 3학년 때 학교에 들어온 선생님을 기억하고 계십니까?"

"아…… 그런 사람이 있었지. 분명 마법 수업 교사였던가?"

"예. 너희들은 마법에 훌륭한 자질이 있다. 그러니 자신의 연구실에 오지 않겠냐며 마법을 쓸 수 있는 학생들 전원에게 권유를 하고 다녔지요."

"그랬었지. 지나치게 절조가 없다 보니 오히려 수상해서 거절했다만."

"소인은 권유받은 기억이 없소만……."

……그건 어쩔 수 없는 게 아닐까.

"그래서? 갑자기 그 이야기는 왜 나온 거야?"

"분명…… 카트는 그 선생님의 연구실에 다녔을 겁니다."

"흠~? 그래서?"

"그 연구실에 다니게 된 후부터 마법 실력이 많이 나아졌습니다. 그 무렵에는 자신의 실력에 약간 오만해진 정도였습니다만……."

"흐응~ 그런 굉장한 선생님이 있었어?"

"하긴, 확실히 실력은 괜찮았지. 게다가 외모 덕분에 제법 인기도 많았어. 내가 보기엔 수상했지만."

"외모?"

"예, 앞이 안 보이는지 두 눈을 가리는 안대를 하고 계셨습니다. 그래도 평소에는 아무렇지 않게 돌아다니셨으니……."

응? 그게 뭐가 굉장하다는 거야?

"그런데 왜 그렇게 인기가 많았던 거야?"

"왜라니…… 마법사는 눈이 보이지 않아도 마력이 있으면 주위의 상황을 감지할 수 있습니다. 단, 마력을 보유한 생물만 한정해서요. 무기질에는 통하지 않는다는 건 알고 계시지요? 그렇다면 그 선생님은 마력 감지 외의 마법도 쓰고 계셨다는 뜻입니다. 솔직히 전하의 말씀이 없었다면 저도 그 연구실에 다니고 싶었을 정도입니다."

"수상했으니까."

오그는 아까부터 계속 그 소리만 하네.

하지만 그게 카트의 현 상태와 어떻게 이어진다는 거지? 그 시절에도 자신감이 넘쳤다고 하지 않았나?

"관계가 있는지는 잘 모르겠습니다만, 약간 신경이 쓰이는군요."

"그런가. 그 선생님은 대체 정체가 뭘까."

"분명 제국에서 왔다고 했었지?"

"제국이라……."

지금 내가 있는 알스하이드 왕국과 국경을 마주한 나라다.

블루스피어 제국.

그 나라는 귀족의 힘과 권위가 워낙 막강하다 보니, 학대받는 평민들이 계속해서 왕국으로 망명해오고 있다고 한다. 어쩌면 그 선생님도 제국에서 망명해온 걸지도 모르겠다.

"하지만 그 정도로 마법 실력이 뛰어난 분이 왜 망명 같은 걸 하셨을까요."

"뭔가 사연이 있는 거 아닌가? 그래서 더 수상하다고."

결국 추측만으로는 아무것도 알 수 없었고 알프레드 선생님이 온 시점에서 이 이야기는 끝났다.

"오늘은 오후에 연구회 설명을 할 예정이었다만…… 너희는 이미 정했으니 형식상으로나마 참가하도록."

연구회라…… 결국 어영부영 정해졌는데 상급생의 반감을 사지는 않았으려나? 정말 이대로 괜찮은 걸까.

오전 중의 수업에서는 이 세계에 존재하는 나라에 대해 배웠다.

나는 처음 배웠지만 이 나라의 중등학원에 다녔던 학생들에게는 필요 없는 수업이라고 생각했다. 그러나 일반인이 아닌 마법사의 입장에서 보는 국가 관계는 시점이 다르다는 모양이었다.

그 수업에서 조금 전에 화제에 올랐던 블루스피어 제국에 대한 설명도 들었다.

원래 그 지역에는 여러 소국이 있었으나 그중 한 나라가 다른 소국들을 병합하면서 현재의 제국이 탄생했고, 그 나라의 국왕이 초대 황제가 되었다고 했다.

병합된 나라들은 제국 귀족 중에서 공적이 있는 자들에게 영지로서 분배되었다.

그 결과 소국의 수도는 주로 대귀족, 주변 도시들은 하급 귀족의 영지가 되어서 제국 귀족들이 큰 힘을 가지게 되었다. 이렇게 주변 나라들을 무력으로 제압해온 역사적 배경이 있어서 지금도 군사력에는 상당히 많은 힘을 쏟고 있다고 했다.

하지만 최근에는 큰 전쟁이 벌어진 적이 없었다. 과거의 왕국과 전쟁 중에 두 나라가 마물 퇴치를 소홀히 한 탓에 마물이 대량 발생했던 사건이 있었기 때문이다.

하지만 지금도 호시탐탐 다른 나라의 국토를 노리고 있다는 소문이 무성했다. 마물을 퇴치하기에는 충분한 전력을 보유하고 있음에도 계속 군사력 확충을 꾀하고 있기 때문이다.

이런 나라이기에 조금 전에도 화제로 언급된 것이었다.

마법 실력이 뛰어나다면 제국군이 가만히 내버려 둘 리가 없다. 그런데도 왕국으로 망명해왔다면…… 뭔가 사연이 있다고 생각하는 게 자연스러웠다.

그런 인물이 재능 있는 마법사들을 끌어들이려 했다. 뭔가 다른 속셈이 있는 게 아닐까? 오그가 수상하다고 말하는 이유는 거기에 있었다.

하지만 그게 카트의 행동과 어떻게 연결되는지는 잘 모르겠다.

나는 수업을 들으면서 그런 생각을 했다.

◇

신 일행이 수업을 받을 무렵, 어떤 인물이 리츠버그 저택을 방문했다.

"슈투름 선생님이 아니십니까. 오랜만입니다."

"예, 오랜만입니다. 여기에 온 건 카트 군이 고등 마법학원에 입시를 친 후로 처음이군요."

바로 이 인물이 신 일행의 화제에 오른 중등학원의 마법 교사 올리버 슈투름이었다.

그는 중등학원의 교사이지만 고등 마법학원에 시험을 치는 카트의 부탁을 받고 시험 전까지 가정교사로서 가르치기도 했다. 그래서 문지기를 비롯한 리츠버그 저택의 사람들은 다들 얼굴을 알고 있었다.

토르의 말대로 두 눈을 안대로 가리고 있지만 오뚝한 콧날과 갸름한 턱선으로 봐선 상당한 미남으로 예상되었다.

"그런데…… 슈투름 선생님께선 오늘은 어쩐 일로?"

"아뇨, 카트 군이 자택근신 중이라는 소문을 듣는 바람에 옛 스승으로서 신경이 쓰여서요."

교사로서 옛 제자가 걱정되어 찾아왔다는 뜻을 전했다.

"그러셨습니까. 카트 님이 갑자기 이상해지셔서…… 저희도 당혹스러웠던 참입니다."

"그는 절 스승으로서 존경해줬습니다. 저라면 뭔가 이야기해주지 않을까 싶어서 찾아온 겁니다만……."

"그렇습니까. ……지금 백작님은 부재중이시고 마님은 안에 계십니다. 말씀을 전하고 올 테니 잠시 기다려주시길 바랍니다."

"알겠습니다."

문지기는 저택 안으로 뛰어들어갔다. 돌아왔을 때는 중년 부인을 대동하고 있었다.

"아아, 슈투름 선생님! 잘 오셨습니다!"

"오랜만입니다. 리츠버그 부인. 카트 군은 지금 상태가 어떻습니까."

그렇게 말하자 리츠버그 부인. 즉, 카트의 어머니는 눈물을 쏟기 시작했다.

"이제…… 이제 전 뭐가 뭔지 도통 모르겠습니다! 과거에 충성을 맹세했던 왕가의 분들에게까지 도저히 간과할 수 없는 발언을……."

더 말을 잇지 못하는 리츠버그 부인에게 슈투름이 입을 열었다.

"그렇습니까. ……대체 어떻게 된 일인지 한번 이야기를 들어볼 필요가 있겠군요."

"선생님…… 선생님만이 희망입니다! 남편은 카트를 처벌하려고 해요! 제발! 제발 제정신이 돌아오도록 해주세요!"

"알겠습니다. 미력하나마 최선을 다해보죠."

그렇게 해서 슈투름은 리츠버그 저택에 있는 카트의 방으로 갔다.

"카트, 나다. 슈투름이다. 들어가도 될까?"

하지만 대답은 없었다.

"리츠버그 부인, 괜찮겠습니까?"

"예, 잘 부탁드립니다."

슈투름은 카트의 방에 들어가자마자 방음 결계를 펼쳤다.

"뭐하고 있는 거냐, 카트. 참으로 꼴사나운 모습이로군."

카트는 저택을 빠져나가지 못하도록 손발이 묶인 채 침대 위에 누워 있었다.

이 세계에는 마력을 봉인하는 마도구가 존재하지 않았다.

마력은 인간의 생명 활동에 영향을 미친다. 마력을 봉인한다는 것은 곧 죽음을 의미했다.

그렇다고 해서 마법을 쓰려고 마력을 제어하기 시작한다면, 문 앞에 대기 중인 호위가 눈치채고 마력 제어를 막을 테니 마법은 쓸 수 없었다.

따라서 이렇게 손발을 묶인 채 방 안에 방치 중인 상황이었다.

"슈투름 선생님……."

"내가 말했지? 넌 특별한 인간이라고. 요전에도 그렇게 말했을 텐데."

"예……."

"넌 신분도 실력도 전부 특별해. 네가 손에 넣을 수 없는 건 아무것도 없어."

"하지만…… 여자는 손에 넣지 못했습니다. ……그 녀석…… 그 녀석만 방해하지 않았더라면……."

"흠, 그런가. 그 녀석이 너에게 방해되는 존재라는 건가?"

슈투름은 그렇게 말하며 마력을 두르기 시작했다. 하지만 밖에 있는 호위가 들어올 낌새는 없었다. 방음과 동시에 마력까지 차단하는 결계를 펼쳤기 때문이다.

"잘 들어. 방해되는 그 녀석에게 깨닫게 해주는 거다. 너는……."

잠시 후 슈투름이 방에서 나왔다.

"선생님! 카트는 어떻습니까!"

"음~ 그다지 좋지는 않군요. ……심신상실 상태입니다. 시간을 들여서 회복하는 걸 기다리는 수밖에……."

"그럴 수가! 그러고 있을 사이에 그이가! 남편이 카트를 처벌할 거예요!"

"물론 저도 가만히 있지는 않을 겁니다. 졸업했다고는 해도 카트는 제 귀여운 학생이니까요. 리츠버그 백작님께 저도 말씀을 드리겠습니다. 심신상실 상태의 아들을 처벌하는 건 백작님께도 유익한 일이 아닐 테니까요."

"아아…… 감사합니다! 선생님!"

"그럼 전 일단 실례하겠습니다. 아직 학교에 수업이 남아 있어서요."

그리고 슈투름은 리츠버그 저택을 나왔다.

"후후후, 카트 군. 아무쪼록 열심히 춤춰주길 바랍니다."

슈투름은 웃으면서 카트의 방을 올려다본 뒤 걸어갔다.

◇

오전 수업이 끝나고 다 같이 점심을 먹었다. S클래스는 열 명뿐이라 대부분 같이 행동했다. 오늘도 우리 반 애들끼리 테이블 하나를 차지했다.

"그러고 보니 신. 아침에는 못 말했는데 앞으로 등하교는 어떻게 할 거지?"

"어떻게 하냐니?"

"아니, 카트는 자택근신 중이잖아? 그렇다면 이제 학교나 거리에서 위험에 처할 일은 없잖아?"

"뭐, 그건 그렇지."

"그럼 이제 시실리를 데려다주지 않아도 괜찮은 건가?"

"맞아. 이제 호위는 필요 없을지도 모르겠어."

"예? 아…… 그렇겠네요……. 호위……였으니까요."

"하지만 꼭 호위여야만 같이 다닐 수 있는 건 아니잖아?"

"아……."

"집은 같은 방향인걸. 앞으로도 같이 다니면 안 될까?"

"되, 되고말구요! 마, 맞아요. 같은 방향인걸요. 같이 다녀도 전혀 이상할 건 없어요!"

시실리가 벌떡 일어나서 그렇게 외쳤다. 식당에 있는 모두가 그녀를 주목했다. 주목받고 있다고, 시실리.

"아…… 미, 미안해요!"

"얘도 참. 너무 흥분했잖아."

"아, 아니야!"

"마리아도 같이 다닐 거지?"

"물론! 처음부터 시실리랑 같이 다닐 예정이었는걸. 아니면 혹시 내가 방해돼?"

"아니. 별로."

"마, 마마마맞아! 갑자기 그게 무슨 소리니?!"

"클로드. 너무 동요했어."

오그는 태클을 거나 싶더니 예상했던 대로 씨익 웃었다.

"하하, 과연 신이로군."

"어? 나는 또 왜?"

"그야 당연하지. 다른 사람들 앞에서 나와 함께 있어달라니, 난 도저히 흉내도 못 내겠는걸."

"난 그렇게까지 말한 적 없거든?!"

"함께……."

"시실리가 넋을 잃었어?!"

"뭐, 농담은 그쯤하고 네가 같이 다니는 건 좋은 방법이야. 클로드와 메시나는 아름다운 여성이니까 불순한 마음을 먹은 놈들이 접근해올지도 모르지."

"농담으로 이상한 분위기를 만들지 말라고……."

뭐, 지당한 말이긴 했다. 둘 다 굉장한 미소녀니까. 처음 만났을 때도 비슷한 일이 있었고…….

"그러고 보니 신은 이동 중에 색적 마법을 쓰고 있다고 했지? 그건 어떤 식으로 느껴져?"

"응? 어떤 식이라니…… 이쪽에 해의(害意)를 보내면 알 수 있잖아?"

"신 님, 그게 무슨 뜻입니까. 해의를 알 수 있다니."

"뭐고 자시고 말 그대로의 의미야. 왕도는 인구가 많아선지 서로에게 무관심한 사람이 많더라고. 그 와중에 이쪽에 해의를 보내면 바로 알 수 있잖아?"

"아니, 모르겠는데요."

응? 해의를 모르겠다고? 그건…… 아, 그런 거였나.

"토르. 넌 마물을 사냥해본 적 없어?"

"있을 리가 없지요. 얼마 전까지 중등학원생이었으니까요."

"마물의 마력이라는 건 불길하다고 해야 할까, 기분 나쁘다고 할까. 평범한 마력과는 달라. 적의? 해의? 같은 걸 이쪽으로 보내. 그리고 그런 느낌은 보통의 인간에게서도 느껴져. 아무리 왕도가 치안이 좋다고 해도 이만큼 사람이 많다 보니 가끔 느껴지더라고."

"마물의 마력이라니……."

"월포드 군은 마물을 사냥해본 적이 있는 거야?"

"응."

"참고로…… 처음으로 마물을 사냥한 건 몇 살 때였어?"
"열 살."
""열 살?!""
"분명 크기가 3미터쯤 되는 곰이었지."
""곰?!""
"덩치가 큰 데다 팔이 방해돼서 양팔을 자른 후에 목을 날려버리니까 죽더라."
""……""
처음 마물을 사냥했을 때의 이야기를 하자 다들 굳어버렸다.
어? 내가 또 뭔가 저질렀나? 뭐가 문제였지? 곰? 나이?
"하아…… 이렇게 굉장한 사람이 호위를 맡아줬던 거구나."
"마음 든든하네요."
마리아는 약간 기가 막힌 듯, 시실리는 싱글벙글 웃으면서 말했다. 마리아는 또 왜 저러지?
"자, 그럼 슬슬 가볼까?"
"이런, 벌써 이런 시간인가."
그렇게 말하며 벽에 걸린 시계를 보자 벌써 점심시간이 끝나가고 있었다. 식당에 남아있는 학생들은 거의 없었다.
"시간 낭비겠지만~."
"유리 님, 그런 말씀 마시구려. 소인들만 참가하지 않으면 반감을 살 우려가 있으니."

나는 동급생보다 상급생의 반감이 무서운데.

우리는 이미 연구회가 정해졌기 때문에 견학만 하려고 설명회장으로 이동했다. 입학식이 열렸던 강당이라고 하니 식당에서 운동장을 가로지르는 편이 빠르다. 그렇게 걸어가고 있자…….

움찔!

마력 색적에 이상한 반응이 느껴졌다.

이건 설마! 해의를 보내고 있어?!

어디야!

그렇게 운동장을 살펴보자 구석 쪽에서 이쪽을 쳐다보는 카트를 발견했다.

저 녀석이 어떻게 여기에?! 자택근신 중 아니었어?!

그런 생각으로 몸이 굳어 있는 사이에 카트가 영창을 끝냈다.

"시실리! 오그! 마력을 주입해!"

그 목소리에 오그와 시실리를 비롯한 모두가 이변을 눈치챘다. 설마 학교 안에서 습격을 받을 줄은 상상도 못 했는지 다들 굳어 있었다.

"젠장!"

카트가 마법을 날렸다. 나는 모두의 방패가 되려고 앞으로 나섰다.

늦지 않았겠지?! 그 교복은 시실리, 오그, 토르, 율리우스 밖에 입지 않았다고!

"제기라아아아아알!"

"꺄아아아아아아악!"

그리고 마법이 명중했다.

콰아아아아아앙!

그리고 나는…… 일행 앞에서 양손을 내밀고 마력 장벽을 펼친 상태였다.

으아아! 위험했어!

갑작스러운 일이라 제대로 이미지가 잡히지 않은 상태로 마법을 쓰고 말았다.

간신히 막아냈지만 이미지가 불확실한 탓에 위력을 완전히 상쇄하지 못해서 손에 화상을 입어 버렸다. 손은 교복의 보호 대상이 아니었기 때문이다.

"신 군! 손이……!"

"아, 난 괜찮아. 너희야말로 다친 데는 없어?"

"신 군이 감싸준 덕분에……."

뒤에 있던 사람들은 다들 무사한 모양이었다.

교복의 자동 치유가 발동하자 손의 화상이 나았다.

"……화상이…… 낫고 있어……."

뒤에서 누군가가 그렇게 중얼거렸지만 지금은 그런 걸 신경 쓰고 있을 상황이 아니었다.

"저건…… 카트인가?"

"어째서?! 자택근신 중이 아니었어?!"

그 의문은 지당했다. 나도 그렇게 생각했으니까. 하지만 지금은 그런 것보다 저 녀석이 우리에게 공격 마법을 썼다는 사실 쪽이 더 문제였다.

"오그…… 이건 이제 어쩔 수 없는 거지?"

"그래. 지금까지는 미수로 넘어갔지만, 이건 명백한 살인 미수다. 도저히 간과할 수 없어."

오그와 카트의 처우에 관해 이야기를 나누자, 갑자기 카트의 상태가 이상해졌다.

"네놈…… 네놈네놈네놈네놈네놈네놈네놈네노오오오오옴!"

미친 듯이 절규하며 심상치 않은 양의 마력을 방출하기 시작했다.

"저기, 오그."

"왜?"

"저거, 제어할 수 있을 거라고 생각해?"

"……아니."

"……위험하지 않아?"

"……위험하겠군."

나는 그 말을 듣자마자 카트를 향해 쏜살같이 달려갔다.

"오그! 다른 애들을 피난시켜! 저건 위험해!"

"알았다!"

마력이 폭주하면 주위가 폭발에 말려든다.

이 마력량이라면 터무니없는 피해가 발생하리라.

나는 카트를 막기 위해 돌진했지만 도중에 막대한 마력의 방출을 맞고 뒤로 날아갔다.

"신 군!"

시실리의 외침이 들렸지만 그녀를 신경 쓸 겨를이 없었다.

공중에서 자세를 제어하고 바닥에 착지했다. 그리고 카트를 응시하자—.

"……세상에……."

그곳에는—.

불길한 마력을 방출하며 『진홍색 눈』을 한 카트가 서 있었다.

"마인이 된 건가!"

◇

그 날까지 인류 역사상 인간이 마물이 된 적은 없었다.

마물이 되는 건 야생동물뿐. 마물은 마력을 제어할 줄 모르는 짐승이나 되는 것이라고, 인간은 특별한 존재라고 누구나가 믿고 있었다.

그래서 수십 년 전에 인간이 마물화해서 마인이 됐을 때는 전 세계가 경악했다.

인간도 예외가 아니었던 것이다.

모두가 그 사실에 충격을 받았고 마인의 터무니없는 위협에 절망했다.

마인의 불길한 마력은 마력을 느낄 수 있는 마법사는 물론이고 일반인들에게까지 공포를 심었다.

흘러넘치는 마력으로 마법을 무영창, 무제한으로 써대며 종횡무진 날뛰고 다녔다.

알스하이드 왕국군이 전력을 다해 맞섰지만 피해는 계속 늘어나기만 할 뿐이었다.

그런 마인을 토벌한 것이 바로 영웅이라 일컬어지는 현자 멀린과 도사 멜리다 콤비였다.

그러하기에 두 사람은 아직도 영웅이라 존경받고 있었다.

◇

내 눈앞에 마인이 된 카트가 있었다.

마물 특유의 불길한 마력을 두른 채 검은자위까지 붉게 변한 눈으로 허공을 응시하며 우두커니 서 있었다.

그 광경을 가까이에서 직면한 사람들은 난생처음 마물을 본 건지 넋을 잃고 있었다. 하긴 처음으로 본 마물이 마인이라니 엄청나게 희귀한 경험이기는 했다.

아, 느긋하게 이런 생각을 할 때가 아니지.

"다들 도망쳐! 이 녀석은 마인이야! 여기에 있으면 말려들 거다!"

내 말에 학생들이 제정신을 차렸다.

"으, 으아아아! 마인! 마인이라고?!"

"도망쳐야 해! 도망쳐야 해! 도망쳐야 해! 도망쳐야 해!"

"사, 사, 사람 살려어어어어!"

"꺄아아아아아악!"

다들 절규하면서 달아났다.

그걸로 됐다. 입으로 선전하면서 도망치면 다른 사람들에게도 정보가 전달될 테니까.

문제는 이 녀석을 어떻게 하느냐인데…….

"오그, 너도 달아나."

"신, 너…… 설마?!"

"그래, 내가 어떻게든 막아볼게."

"말도 안 돼! 너도 도망쳐!"

오그가 그렇게 말했지만 그건 무리였다.

"이 녀석을 여기에 묶어두지 않으면 왕도에 마인을 풀어두게 되는 셈이야. 내버려 둘 수는 없어."

"그렇다면 우리도!"

"마물도 사냥해본 적이 없는 녀석이 무슨 소리야!"

오그에게는 미안하지만 지금은 이 자리에 없는 쪽이 더 도움이 됐다.

"신…… 우리가…… 방해되는 거냐?"

"……그래, 방해돼."

"……그런가……."

오그는 입술을 깨물면서 뒤로 돌았다.

"다들 도망치자!"

"그럴 수가! 신 군만 남겨둘 수는 없어요!"

"됐으니까 도망쳐! 우리가 있어 봤자 거치적거릴 뿐이니까!"

"그치만!"

"메시나! 네가 클로드를 끌고 가!"

"아, 예!"

반 친구들이 떠났다. 그러면 이제는—.

"슬슬 붙어보자. 카트."

마인이 된 후, 줄곧 허공을 응시하고 있던 카트가 그제야 이쪽으로 시선을 돌렸다.

"그아아아아아!"

마력을 내뿜으며 이쪽으로 다가왔다.

"오, 역시 마물이 된 동물보다는 마력이 강한걸."

나는 달려오는 카트를 멈춰 세우기 위해 불꽃 탄환을 날렸다.

카트는 피하려 하지도 않고 맞았다.

마인이 상대라면 큰 피해를 주지는 못하겠지만 잠시 멈춰 세우는 건 가능하리라.

그렇게 판단했지만 의외로 카트는 제법 대미지를 받은 모양이었다.

"응? 저걸로도 통하는 거야?"

응? 할아버지에게 들었던 마인과 약간 다르다. 그렇게 생각하고 다시 카트를 쳐다보았다.

"월포드으으으으으! 네노오오오옴!"

그러자 카트가 내 이름을 외쳤다.

"마인이 말을 했어!?"

할아버지에게 들었던 내용과 달랐다. 마인은 완전히 이성을 잃는 게 아니었던가?

"죽인다! 죽여주마! 월포드으으으!"

역시 날 인식하고 고함을 지르며 화염구를 날렸다.

으앗! 정신 팔다가 마법에 맞았다!

순간적으로 마법 장벽을 펼쳐서 막긴 했지만—.

"앗 뜨거!"

제길! 마법은 막아도 열까지는 막지 못했다. 얼굴이 뜨거워!

"이게!"

너무 뜨거워서 수속성 마법으로 주위의 열기를 식혔다.

"후…… 그럼 이걸 어떻게 하지?"

지금까지 마법으로 응수한 결과 카트가 그다지 강하지 않다는 사실을 확인할 수 있었다.

할아버지에게서 들은 마인의 특징과 몇 가지 다른 점이 있었다. 그래서 나는 이렇게 생각했다.

'혹시 아직 완전한 마인이 된 게 아닌 건가?'

카트를 죽이는 것 자체는 쉬울 것 같았다. 하지만 그는 본디 고작 열다섯 살의 소년에 불과했다. 혹시 완전히 마인이 된 게 아니라면 원래대로 되돌릴 수 있지 않을까?

무리일지도 모르지만 시도해볼 가치는 있었다.

"조금 아플지도 모르지만, 참아!"

나는 그렇게 말하고 카트의 주위에 소규모 폭발 마법을 전개해서 발동했다.

쾅! 쾅! 쾅! 쾅!

카트는 자신의 주위에서 작렬한 마법 때문에 한순간 움직임을 멈췄다.

그 틈에 나는 카트의 품속으로 파고들어 강화한 주먹으로 그의 배를 강타했다.

"끄아아……."

움직임을 멈춘 카트의 불길한 마력을 어떻게든 원 상태로 되돌릴 방법이 없을까 고민하다가, 직접 몸 안에 마력을 흘려 넣어서 중화를 시도해봤다.

"카아아아아아아아아아아악!"

그러자 카트가 괴로움에 몸부림치기 시작했다.

"엥? 어떻게 된 거지?"

카트를 원래대로 되돌리려고 한 일이 그에게 고통을 주고 말았다.

"젠장! 뭔가 방법이 없는 거야?!"

이대로는 카트를 토벌하는 수밖에 없었다.

"뭔가 없을까? 생각해! 생각해! 생각해!"

카트의 마인화는 아직 어중간하다고 판단했지만 그걸 원래대로 되돌릴 방법을 모르겠다.

내 마력을 흘려 넣어서 상태를 정상으로 되돌리면 어떻게든 될 거라고 생각했지만 단순히 카트를 괴롭게 하는 결과로 끝나고 말았다. 마물을 원래대로 되돌리는 방법은 지금까지 들어본 적도 없었다.

애당초 그게 가당키나 한 일일까?

"월포드으으으으……."

카트는 진홍색 눈을 이쪽으로 돌리며 증오를 담아서 내 이름을 불렀다.

불길한 마력을 내뿜으며 마법을 날리려고 했다.

"칫!"

나도 다른 마법을 써서 그 공격을 무산시켰다.

"어쩌지? 어쩌면 좋지?"

하지만 카트는 생각할 틈을 주지 않았다. 마법을 써도 장벽에 막히고 상대의 마법에 무산 당하기까지 한 그는 결국 자신의 마력을 끌어올려서 폭주를 시도했다.

"잠깐! 너! 그 마력량은!"

위험하다! 터무니없는 양의 마력이 모이기 시작했다.

저 정도의 마력이 폭주하면 인근 일대가 쑥대밭이 될 것이다!

"이제 생각할 여유는 없어!"

나는 이공간 수납 마법으로 바이브레이션 소드를 꺼내고 카트를 향해 돌진했다.

어떻게든 해주고 싶었지만 이제 시간이 없었다. 당장 저 마력이 폭주할지도 몰랐다.

"제길! 이젠 어쩔 수 없지!"

이제 선택지가 없었다. 이렇게 하는 수밖에는!

"젠장! 용서해라! 카트으으!"

나는…… 손에 든 바이브레이션 소드를 섬전처럼 휘둘렀다.

그리고 마력의 폭주를 대비해서 카트의 주위를 마력 장벽으로 감싸고 상황을 지켜보았다.

그러자…… 카트는 잠시 그대로 움직이지 않았다. 이윽고—.

목이 툭 떨어지고…… 그대로 몸도 쓰러졌다.

카트가 모은 마력도 그대로 흩어졌으니 폭주할 걱정은 없었다.

그리고 나는…… 목이 잘린 채 움직이지 않게 된 카트를 보고…… 이런 형태로밖에 그를 멈추지 못한 사실에 분통을

터트렸다.

"제길…… 뭐야……. 대체 뭐냐고!"

나는…… 카트를 구하지 못한 사실에 후회와 무력감을 느꼈고, 또한 카트가 이렇게까지 변모한 사실에 강렬한 위화감을 느꼈다.

그리고 시체가 된 그를 내려다보면서 처음으로 사람을 죽였다는 사실을 깨달았다.

마인이 됐다고는 해도 카트의 의식은 남아있었으니…… 마음속에 응어리가 남고 말았다.

"괜찮아?! 신!"

"신 군! 다친 데는 없나요?!"

그렇게 말하며 달려온 시실리는 내 몸을 여기저기 만져대며 그렇게 물어보았다.

"그래…… 괜찮아……."

카트를 내 손으로 토벌…… 죽인 탓인지 대답하는 목소리에 힘이 들어가지 않았다.

"신 군……?"

"아니…… 저 녀석…… 시실리를 노리지 않나, 마인까지 돼 버렸는데도…… 토벌할 수밖에 없었다는 사실이 분해서……."

"……신 군."

"이런 건 이상해. 틀림없이 뭔가 사정이 있을 거야!"

"신……."

이번 사건은 처음부터 마지막까지 위화감밖에 들지 않았다. 무슨 일이 있었는지 전혀 파악하지 못한 채 카트의 죽음으로 종결되고 말았다.

나는 그 사실이 분해서 견딜 수가 없었다.

"그건 그렇고…… 지금도 믿을 수가 없군. 카트가 마인이 됐을 때는 이제 다 틀렸다고 생각했는데……."

"저도 죽음을 각오했습니다."

"월포드 군, 굉장했어."

"맞아! 그게 뭐야? 마법도 굉장했지만 검으로 마인의 목을 썩둑 잘라 버렸잖아?!"

"그건 훌륭한 검술이었소이다. 기사 양성 사관학원에서도 수석을 노려볼 수 있겠구려."

"그래. 그런 깔끔한 일격은 우리 아버지와 형도 펼치는 걸 본 적이 없는데."

"월포드 군은 역시 굉장한 사람~?"

"너희들, 보고 있었던 거야?"

"어, 운동장 너머까지 간 시점에서 다시 돌아왔더니…… 네가 마인을 압도하기 시작하더라고. ……그래서 그대로 전투를 지켜봤어."

"아, 그랬던 건가."

"그건 그렇고…… 신. 넌 앞으로 큰일이겠군."

"뭐가?"
"자각이 없는 거야? 마인이 출현한 거라고?"
"응…… 그건 그래."
"이걸로 역사상 두 번째로 마인이 출현한 셈이지. 그것만으로도 나라가 뒤집어질 대사건이야. 그걸 이토록 간단히…… 게다가……."
오그가 말하는 도중에 학생들에게서 소식을 들었는지 기사, 병사, 마법사들이 모여들기 시작했다.
"아우구스트 전하! 무사하십니까!?"
"마인이 나타났다는 보고를 받았습니다! 마인은 어디에 있습니까!"
"우리의 목숨을 바쳐서라도 마인을 격퇴하고야 말겠습니다! 마인은 어디에?!"
"아, 저기에 쓰러져 있다만."
"쓰러져 있다고요?"
그리고 오그가 가리킨 방향으로 일제히 시선을 돌렸다.
그곳에는…… 목이 잘린 카트의 시신이 있었다.
"설마…… 설마 마인을 토벌한 겁니까?!"
"그래. 내가 한 건 아니지만."
오그는 그렇게 말하고 나에게 시선을 돌렸다.
"이런 마법학원의 학생이 말입니까?!"
"이런, 이라니. 그의 이름은 신 월포드. 마인 토벌의 영웅인 멀린 월포드의 손자라고?"

"혀, 현자 멀린 님의 손자님이시라고요?!"

손자님이라니. 뭐야 그게. 그러는 사이에 학생들도 상황을 살피러 모이기 시작했다.

"이, 이봐! 저기 쓰러져 있는 게 마인 아냐?"

"뭐? 농담이지?!"

"벌써 마인을 토벌한 거야?"

"뭐야? 대체 무슨 일이 벌어진 건데?"

모여든 학생들은 저마다 상황을 추측하며 제멋대로 떠들어댔다.

이윽고 이 자리에 오그가 있다는 사실을 확인한 자들이 그를 주목했다.

"모두들, 안심해라! 마인은 현자 멀린의 손자, 신 월포드가 토벌했노라!"

주목받고 있다는 사실을 깨달은 오그가 큰 목소리로 모두에게 상황을 전했다.

"""우오오오오오오오오오오!"""

그러자 환호성이 터졌다.

"진짜? 정말로?!"

"굉장해! 역시 현자님의 손자다워!"

"영웅! 새로운 영웅이다!"

"현자님의 손자! 신 월포드!"

"신!" "신!" "신!"

다들 연신 내 이름을 외쳐댔다.

으앗! 그만해! 창피하니까 큰 소리로 내 이름을 계속 불러대지 말라고!

이 자리에서 도망치고 싶지만 주위에 있는 기사와 마법사들이 내 몸을 마구 만져대는 통에 도저히 빠져나올 수가 없었다.

"잘했다! 정말 잘했어!"

"정말로 영웅의 손자는 영웅이었어!"

"훌륭해! 정말로 훌륭해! 신 군!"

이제 진짜 그만! 날 치켜세워주는 것도 견디기 어려웠지만 결국 카트를 구하지 못했으니 칭찬을 듣는 게 괴로웠다.

"역시, 이렇게 됐군."

오그가 아까 말하려고 했던 게 이거였나! 이런 소동이 벌어질 줄은 상상도 못 했다.

이번 소동에 대한 위화감과 카트를 구하지 못한 죄책감 때문에, 마인을 토벌했다며 환호하는 주위 사람들에게 도저히 동조할 수가 없었다.

나는 떠들썩한 모두를 마치 남의 일처럼 바라보면서 위화감의 정체를 확인했다.

결국 이 소동 때문에 연구회의 설명회는 중지되었고 일단 교실로 돌아가게 되었다.

◇

"신 군…… 괜찮아요?"

"하긴 아까부터 표정이 안 좋은데."

"아…… 카트를 죽여서 그런 것도 있지만…… 계속 마음에 걸리는 일이 있어서."

"마음에 걸리는 일?"

"뒷이야기는 교실에 들어가서 하자."

그리고 교실에 들어가자 알프레드 선생님이 우리를 맞이해주었다.

"오오! 너희들! 걱정했다! 특히 월포드, 다친 데는 없나?!"

"예. 전 괜찮아요."

"그런가……. 다행이다……."

걱정스럽게 내 안부를 물어보았다. 좋은 선생님이다. 진심으로 걱정했다는 게 느껴졌다.

"그보다 신. 아까 하던 이야기를 계속해보는 게 어떨까."

나는 그 말에 동의했다.

"이번 소동은 처음부터 마지막까지 위화감밖에 없었어."

"위화감?"

"먼저 카트의 행동 자체가 위화감투성이였다는 건 다들 느꼈겠지?"

"맞아. 과거의 그 녀석이었다면 도저히 상상할 수 없는 행동이었어."

"삼대 고등학원에서 신분을 내세우며 횡포를 저지르는 것을 엄격히 금지한다는 건 이 나라 사람이라면 누구나 알고 있는 사실이야. 그런데도 카트는 귀족의 권위로 압박하는 듯한 언동을 보였어. 미수로 그쳤지만 내가 저항하지 않았다면 틀림없이 일을 저질렀을 거야."

다들 고개를 끄덕였다.

"그리고 오그에게 주의를 받았는데도 또 시실리에게 같은 행동을 저질렀어. 일반적으로 자신이 귀족이라는 사실을 과시한다는 건 그만큼 신분에 상당한 자긍심을 가지고 있거나 자신이 절대적으로 옳다고 생각하기 때문이잖아? 그런데 왜 오그라는 정점의 신분을 가진 사람의 말을 거스른 거지?"

다들 오그를 주목했다. 그는 그저 어깨를 으쓱거릴 뿐이었다.

"여기까지는 다들 느꼈을 거야. 그리고 지금부터 말할 건 내가 오늘 느낀 위화감이야."

모두가 숨을 삼키고 내가 입을 여는 것을 기다렸다.

나는 하나씩 차근차근 설명했다.

"먼저 카트는 어떻게 거기에 나타난 거지? 자택근신 중 아니었어? 하물며 리츠버그 가문에서 직접 학교로 전달한 내용이었잖아? 그런데 왜 간단히 외출을 허락한 거지?"

"나도 그건 의문이더군."

"학교에 없다고 철썩 같이 믿느라 저도 그때는 바로 몸이 움직이지 않았습니다."

"그리고…… 그 후에 마인이 된 셈인데……."

나는 모두를 훑어보고 말했다.

"마인이라는 게 저렇게 간단히 될 수 있는 거야?"

다들 당황했다. 알프레드 선생님은 눈을 부릅뜨기까지 했다.

"확실히…… 확실히 이건 이상해!"

선생님은 눈치챈 모양이다.

"예……? 그게 무슨 말씀이시죠?"

"과거에 마인이 된 인물은 오랫동안 마법을 수련해온 고위 마법사였다더군. 그 마법사가 초 고난이도의 마법에 실패하는 바람에 마인이 된 거라고 전해지고 있어."

거기까지 듣자 다들 눈치챈 모양이었다.

"리츠버그는 이제 막 고등 마법학원에 입학한 신출내기야. 설령 마력의 제어에 실패하더라도 폭발하는 정도에 그쳤겠지. 고작 그 정도로 마인이 된다는 건 여태껏 들어본 적이 없어."

"맞아. 마력 제어에 실패한 정도로 마인이 된다면…… 지금쯤 마인이 넘쳐나고 있을걸."

"정말 이상하네."

"확실히. 그 정도의 마력 폭발은 흔히 있는 일이잖아. 나도 저지른 적이 있어."

"린?! 그건 위험하잖아. 마력 폭발은 주위에도 영향을 미치니까 조심해."

"응. 앞으로 조심할게."

하아…… 나 원 참.

"그리고 과거에 마인이 출현했던 건 단 한 번뿐. 그때까지 인간은 마물이 되지 않는다고 여겨질 정도였어. 그런데도 카트는 왜 이토록 쉽게 마인으로 변해버린 거지?"

"글쎄올시다."

"그런 걸 우리가 어떻게 알아~."

"아! 설마!"

오그는 뭔가 생각난 게 있는 모양이었다.

"왜, 왜 그러세요? 전하."

"아, 아니…… 그럴 리는……."

"오그. 아마 네 추측이 내가 생각한 것과 같을 거야."

"그럴 수가! 설마!"

"인위적인 사건……일 가능성이 있다고 생각해."

"말도 안 돼! 인위적으로 마인을 만들어냈다는 거냐!"

알프레드 선생님이 소리쳤다. 확실히 쉽게 받아들일 수 있는 성질의 내용이 아니었다. 하지만—.

"뭐, 어디까지나 추측이고 실제로 어떻게 된 건지는 전혀 모르겠어요. 하지만 가능성은 제로가 아니겠죠. 싸워보고 나니까 더 그런 생각이 드네요."

"싸워보고 나서?"

"전 할아버지에게서 마인을 토벌했을 당시의 이야기를 자주 들었는데요."

"현자님 본인께 마인 토벌담을 듣다니……."

"부러워!"

다들 반응하는 부분이 이상했다.

"아니…… 주목할 건 그 부분이 아니라, 난 마인을 토벌한 당사자에게서 마인에 관한 이야기를 들었어. 마인은 완전히 이성을 잃고 울부짖기만 할 뿐이었다고 해. 하지만 마인이 된 카트는…… 말을 했어."

"그건…… 마인이 된 게 아니라는 뜻?"

"아니, 그건 틀림없이 마인…… 마물이 된 거였어. 불길한 마력과 진홍색으로 변한 눈. 그리고 흉포화. 이건 모든 마물이 보이는 공통되는 특징이야."

나는 마른침을 삼키며 귀를 기울이는 모두에게 계속 설명했다.

"실제로 싸워보니 꽤 약하기도 하더라. 할아버지에게 들은 이야기와는 많이 다르더라고. 이건 할아버지가 싸운 마인과는 다른 존재가 아닐까 하는 생각이 들 정도로."

"마인이 약하다니……."

"아니…… 충분히 강해 보였는데……."

"솔직히 강함만 놓고 보면 호랑이나 사자 마물보다 약간 센 정도?"

"호랑이나 사자……."

"충분히 절망적인 수준인데요……."

학생이라면 그렇겠지만 기사단이나 마법사단에 속한 사람들이라면 다를 거다. 그렇게 생각하고 알프레드 선생님을 쳐다봤지만—.

"사자라……. 과거에 딱 한 번 마주친 적이 있지. 그때는…… 이젠 죽었다고…… 다 끝났다고…… 몇 번이나 그렇게 생각했었는지. 지금도 가끔 꿈에서 나올 정도다."

어? 트라우마 수준의 이야기야?

"으, 음. 그래도 토벌할 수 없었던 건 아니었죠?"

"……그건 그렇지."

"과거에 출현한 마인은 한 나라를 멸망시킬 뻔했어. 실제로 몇 개의 마을과 도시를 파괴했다고 해. 하지만 호랑이나 사자 마물이 거기까지 가능할까?"

"아니…… 아무리 그래도 그 정도 수준은 아니지."

"간단히 마인이 된 데다가 훨씬 약하고 의식이 약간 남아 있기까지 했어. 이 점을 미루어 짐작해보건대……."

모두가 내 말을 기다렸다.

"나는…… 카트가 인체 실험에 이용당한 게 아닐까 싶어."

"인체 실험?!"

"역시…… 인위적인 발생이었다는 거냐?"

"확증은 없어요. 하지만 그럴 가능성이 크겠죠."

"옳거니……. 신이 복잡한 얼굴을 할 만 하군. 이건 솔직히 기뻐할 수 없는 이야기야."

어디까지나 추측에 불과했다. 만약 이게 사실이라면…… 이 사건의 뒤에는 누군가의 악의가 존재했다. 그게 누군지. 목적이 뭔지는 전혀 알 수 없었다.

다들 같은 생각인지 어딘지 모르게 불안한 표정이었다.

◇

고등 마법학원에서 약간 떨어진 건물 위, 학교를 지켜보는 인물이 있었다. 카트의 옛 스승인 올리버 슈투름이었다.

"흠, 카트는 마인이 됐군요. 하지만 기초 실력이 낮아서 그런 걸까요? 고작 저 정도에 그칠 줄이야. 뭐, 실험 자체는 성공했으니 상관없지만요."

그렇게 말하며 살짝 웃었다.

"그건 그렇고 신 월포드 군인가요. 방해되는 존재가 되지 않았으면 좋겠습니다만."

슈투름은 그렇게 중얼거린 후 그 자리에서 모습을 감추었다.

그의 존재를 눈치챈 사람은 아무도 없었다.

◇

마인이 출현했다는 사실. 그리고 토벌됐다는 사실은 곧 왕성까지 전해졌다.

하긴 그 자리에 군인이 있었으니 바로 보고했겠지. 집에 오자 왕성에서 보낸 사자가 와 있었다.

"어서 오십시오, 신 님. 아우구스트 전하. 율리우스 님. 토르 님. 시실리 님. 마리아 님."

"다녀왔어, 알렉스 씨."

"신 님, 왕성에서 사자가 왔습니다만."

"왕성에서?"

"그야 그럴 만도 하지. 마인이 출현한 것만으로도 왕성이 발칵 뒤집어질 대사건인데, 하물며 토벌까지 했으니 그 당사자에게 상을 내리지 않을 수는 없을 테니까."

상이라니…….

"하아…… 뭔가 귀찮아질 것 같네……."

"그게 무슨 말씀이십니까! 신 님! 오히려 당연한 일입니다!"

"알렉스 씨?"

"신 님께서 마인을 토벌했다는 소식을 처음 들었을 때는 당연히 걱정도 했습니다만, 저희는 무척 자랑스럽기도 했습니다! 상을 받는 것쯤은 당연하지요!"

다른 문지기도 연신 고개를 주억거렸다.

"그, 그런가……."

흥분한 문지기 두 사람 옆을 지나 우리 집으로 들어가자 왕성의 사자인 듯한 남성과 디스 아저씨가 있었다.

아니, 디스 아저씨? 여기서 뭐 해? 사자가 완전히 긴장해서 직립 부동으로 서 있잖아.

"왜 디스 아저씨가 여기 있는 거야? 사자로 온 사람이 굳어 있잖아."

"흠, 사태가 사태이다 보니 내가 직접 신 군과 멀린 님과 멜리다 님께 이야기를 해야겠다 싶어서 온 거다."

"어째서?"

"그 전에…… 여봐라. 그 통지를."

"아, 예! 신 월포드 님! 귀하는 마인의 출현이라는 국가적 재난을 위험을 무릅쓰고 토벌해주셨습니다! 따라서 알스하이드 왕국은 그 행동에 감사의 뜻을 담아 『훈일등』 훈장을 수여하기로 결정했습니다. 신 월포드 님께선 아무쪼록 이 수여식에 출석해주시길 바랍니다!"

단숨에 끝까지 말했다.

그건 그렇고 훈장이라니…… 그 단어에 할아버지와 할머니의 분위기가 돌변했다.

"디세움…… 자네는 분명 이렇게 말했었지? 신을 정치적으로 이용할 생각은 없다고. 그런데 이 취급은 대체 뭔가."

"나도 궁금한걸. ……이게 어떻게 된 노릇이지?"

무섭다. 이제껏 느껴본 적 없는 험악한 분위기에 다들 숨을 삼켰다.

"그렇게 말씀하실 줄 알고 제가 온 겁니다."

디스 아저씨는 직접 우리 집에 온 이유를 설명하기 시작했다.

"오늘 수십 년 만에 마인이 출현했습니다. 과거에 나타났을 때는 이 알스하이드 왕국이 존망의 위기에 처했을 정도였지요. 이 나라의 인간은 그 위협을 결코 잊을 수가 없습니다. 그런데 그 위협이 다시 모습을 드러낸 겁니다. 이 사실은 이미 많은 국민의 귀에 들어갔습니다. 그리고 즉시 토벌당했다는 사실도 말입니다. 이 나라에 있어서 마인의 출현과 토벌은 결코 숨길 수가 없는 사안입니다."

"그건 나도 알고 있네만. 내가 묻고 싶은 건 훈장 수여일세."

"그건…… 멀린 님, 멜리다 님. 두 분께서 마인을 토벌하셨을 때 수여한 훈장을, 같은 공적을 세운 신 군에게만 주지 않을 수는 없으니까요."

"음……."

"확실히 틀린 말은 아니지만……."

그런가. 결과만 놓고 보면 할아버지와 할머니와 같은 공적인 건가. 그러니 같은 훈장을 수여하지 않는 건 이상하다고. 뭐, 훈장을 받는 이유는 알겠지만 완전히 같은 공적이라고 보기에는 좀…….

"물론 그 사실을 이용하려 드는 놈들도 있겠지만 제가 전력을 다해 저지하겠습니다. 원하신다면 수여식 때 선언해도 좋습니다. 그러니 부디 용서해주시면 안 되겠습니까? 저를 위해서가 아니라 국민을 위해서, 이렇게 부탁드립니다!"

디스 아저씨는 고개를 깊이 숙였다.

"폐, 폐하!"

"아바마마……."

사자와 오그도 놀랐다. 그야 그럴 만했다. 자신들이 지존으로 우러르는 국왕이 아무리 영웅이라고는 해도 일개 노인에게 고개를 숙인 것이다. 놀라지 않을 리가 없었다.

"멀린 님, 멜리다 님. 저도 이렇게 부탁드립니다. 부디 용서를."

"전하까지!"

오그까지 고개를 숙였다.

"부, 부탁드립니다!"

그 광경을 본 사자까지 고개를 숙였다.

국왕, 왕자, 사자가 눈앞에서 고개를 숙이자 할아버지와 할머니는 곧—.

"……하아…… 알겠네. 디세움. 자네의 말을 믿어보지. 만약 그 말을 번복한다면 우리는 이 나라는 떠나겠네. 그리고 두 번 다시 관여할 일은 없을 테지. 그래도 상관없겠나?"

"알겠습니다. 그걸로 충분합니다."

"그리고 일국의 왕이 함부로 고개를 숙이지 말게."

"이번에는 그럴 필요가 있다고 판단했기 때문입니다."

"그건 그렇고…… 정말, 이렇게 끊임없이 말썽을 일으킬 줄이야."

"잠깐! 내 탓이 아니잖아!"

"그렇군. 신과 함께 있으면 지루할 새가 없어."

"저기…… 죄송합니다. 말썽의 원인은 저한테도 있는데요……."

"시실리는 신경 쓰지 말거라. 이런 말썽을 몰고 다니는 우리 애 때문이니까."

"내 탓이 아니라니까!"

그렇게 외치는 나를 모두가 가여워하는 눈으로 쳐다보았다. 어, 어째서…….

"확실히 말썽에 휘말리는 빈도가 높군. 이번 일은 그중에서도 최고겠지. 괜찮다면 자세한 상황을 들려줄 수 있겠느냐?"

나는 디스 아저씨에게 이번에 일어난 일을 설명했다. 그리고—.

"인위적으로 마인으로 만들었다고?!"

디스 아저씨도 놀랐다. 하지만 이건 믿을 수 없는 이야기를 들어서 놀란 느낌이 아니었다. 어째서?

"그게 확실한 거니?"

"아니, 어디까지나 내 추측이야. 확증은 전혀 없어."

"흠…… 이건……."

디스 아저씨는 고민에 잠긴 얼굴이었다. 그야 이런 이야기를 들었으니 당연했다.

"신 군, 아우구스트, 토르, 율리우스, 시실리, 마리아. 그대들에게 명하마. 이 일에는 함구령을 내리겠다. 결코 외부로 발설하지 말도록. 알겠나?"

그리고 입막음을 했다.

"난 상관없는데 우리 반 애들이랑 담임선생님한테도 이미 이야기했는데."

"그쪽은 우리가 대응하마. 각자의 집에 사자를 보내서 전해두겠다."

"알았어. 사실 내가 말하고 싶었지만……."

"미안하구나. 아무래도 최대한 빨리 대처하고 싶은 문제라."

디스 아저씨는 그렇게 말하고 떠났다. 수여식 일정은 후일 연락해주겠다고 했다.

그리고 이 일에 관해 시급히 조사를 시작하겠다는 모양이었다. 물론 리츠버그 가문도. 카트의 아버지에게 어떤 처우가 내려질지는 아직 정해지지 않았다고 한다.

사건 내용만 놓고 보면 완전히 카트 개인의 폭주로 벌어진 일이었다.

하지만 자택근신 중의 인물이 저택을 빠져나왔으니 그때까지 눈치채지 못하고 방치한 책임을 묻지 않을 수는 없었다.

그러나 인체 실험을 당했을 가능성도 있으므로 정상참작의 여지도 있었다.

다만, 사무차관으로서 근무하는 재무국을 그만두는 건 거의 확정 사항인 모양이었다. 그 후에는 당주만 자신의 영지로 돌아가는 게 아닐까 하는 견해를 들었다.

"영지?"

"아, 귀족은 다들 영지를 소유하고 있으니까. 여기에 있는 애들도 마찬가지지."

"우리 가문은 항구 도시야."

"저희는 온천 도시예요."

"우리 가문은 장인촌을 다스리고 있습니다."

"소인의 친가는 휴양지외다."

무사네 집이 휴양지? 왠지 궁금해!

"그런데 왜 자기 영지가 있는데 왕도에서 사는 거야?"

"왕가에 대한 충성의 증거겠지. 가족을 왕도에 살게 해서 반란을 일으킬 뜻이 없다고 표명하는 셈이다. 가끔 영지로 돌아갈 때도 있지만."

왕도에 귀족이 많은 건 그런 이유에서였나.

그리고 내일부터 시실리의 등하교를 어떻게 할지 이야기를 나눠봤지만 결국 그대로 속행하기로 했다.

이유는 주로 나를 위해서였다.

"저기 봐! 신 님이셔!"

"저분이 새로운 영웅님……."

"하아…… 멋져."

"같이 있는 건 누구지?"

"역시 신 님쯤 되면 이미 정해진 분이 계신 걸 거야."

"부럽다……."

어제 디스 아저씨가 말한 대로 알스하이드 왕국민은 이미 마인을 토벌한 게 누군지 알고 있었다. 할아버지와 할머니를 엄청나게 존경하는 사람들이다. 더구나 마인을 토벌한 게 영웅의 손자라고 하니 나에게 접근하려는 사람이 생기는 건 쉽게 상상할 수 있었다.

따라서 시실리와 마리아와 동행하는 건 그런 사람들을 막으려는 조치였다.

참고로 할머니의 지시였다. 시실리와 마리아의 부모님들도 찬성했다.

"미안, 시실리. 마리아. 이런 역할을 맡게 해서……."

"아뇨, 괜찮아요. 신경 쓰지 마세요."

"맞아. 너한테는 신세를 졌는걸. 이 정도는 문제없어."

"그럼요."

"하지만 이건……."

"그래도 신 군과 함께 있는 건 제 의지예요. 제 의지를 무시하지 말아주세요."

내가 시실리를 호위하게 됐을 때 한 말이 그대로 나에게 돌아왔다.

“지금 그 말을 꺼내기야?”

“후훗, 뭐 어때서요.”

“뭐지? ……이 방해꾼이 된 느낌. ……자리를 피해 줄까?”

“그게 무슨 소리야.”

“맞아. 언제 방해꾼취급을 했다고 그러니.”

“이것들이 진짜…….”

마리아는 머리를 손으로 눌렀다. 그녀를 방해꾼취급하다니 당치도 않다.

그러는 사이에 학교에 도착했다. 등교 중에도 신경 쓰였지만 이상할 정도로 많은 시선이 느껴졌다. 역시 주목받는 모양이다.

날 보고 소곤거리는 목소리가 들렸다. 무슨 내용인지는 전혀 모르겠지만.

“하아…… 성가시네…….”

“어쩔 수 없는 일이에요. 아무튼 신 군은 새롭게 등장한 영웅인걸요.”

“나도 다른 반이었으면 구경하러 왔을지도.”

“제발 참아주라…….”

교실에 들어가자 그제야 마음이 차분해졌다. 여기에 있는 건 어제 내가 한 이야기를 들은 사람들뿐이었다.

"안녕, 신."

"안녕하세요, 신 님."

"신 님, 좋은 아침이외다."

다들 평범한 반응이었다. 다행이다.

"저기…… 어제 우리 집에 사자가 왔는데……."

"우리 집에도 왔어."

"우리 집에도."

"나도."

오늘은 앨리스도 벌써 와 있었다.

"학교에 오는 동안 거리의 분위기를 확인해봤는데 다들 들떠 있었어. 새로운 영웅이 탄생했다면서."

"그건 나도 봤어. 하지만 어제 이야기를 들으니 좀……."

"솔직하게 기뻐할 수가 없더라."

"우리 가족들도 물어봤어. 가능한 범위에서 이야기해줬더니 다들 굉장히 흥분했는데…… 나만 솔직하게 기뻐하지 않으니까 모두 이상한 눈으로 보더라구."

다들 각자 생각하는 바가 있는 듯했다.

하지만 적어도 같은 감각을 공유하고 있었다. 그것만으로도 동료의식이 생겨났고, 나를 특별하게 보지 않는 점도 기뻤다.

"자! 다들 자리에 앉아. 이제 시작한다!"

알프레드 선생님이 오자 여느 때처럼 조회가 시작되었다.

선생님도 어제 같이 있었으니 나를 대하는 태도가 평소와 다르지 않았다.

"어제 소동 때문에 학교 전체가 들썩이고 있더군. 월포드는 특히 조심해라. 될 수 있으면 혼자 있지 말고 다른 학생과 함께 있도록. 사람들이 몰려들 테니."

"신. 농담이 아니니까 혼자 있지 마. 정말로 둘러싸이면 넌 기겁할걸?"

"어? 진짜?"

"진짜로."

다들 고개를 끄덕였다.

그런가. 그렇게 될 수도 있는 건가. ……멀리서 날 보고 소곤거리는 정도로 끝인 줄 알았는데.

"될 수 있으면 여자와 같이 있어. 남자끼리만 있으면 여자들에게 둘러싸일 가능성도 있으니까."

"진짜로?"

"그래. 잘 알지도 못하는 여자들에게 둘러싸여 봐라. 그게 얼마나 성가신데……."

어쩐지 경험이 담긴 말투였다.

하긴 오그는 저래 보여도 왕자님이다. 파티에서 종종 그런 상황에 처할 때도 있었겠지.

"하아…… 성가시네……."

"포기해. 이번에 훈장을 받게 된 후에는 더 소동이 커질 테니까.”

“진짜냐…….”

점점 일이 커지고 있었다.

오늘은 어제 못한 연구회 설명이 있었지만 끝난 후가 문제였다.

“월포드 군! 제발! 제발 우리 『공격 마법 연구회』로!”

“그게 무슨 소리야! 멜리다 님께 직접 부여 마법을 전수받았다며! 그에게는 우리 『생활 향상 연구회』가 어울려!”

“그건 아니지. 어제는 마인을 검으로 숨통을 끊어놨다더군. 그런 훌륭한 신체 강화 마법을 쓸 수 있는 월포드 군은 『육체 언어 연구회』에 들어오는 게 옳아.”

“월포드 군! 영웅님의 손자인 너만큼 우리 『영웅 연구회』에 어울리는 인물은 없어! 꼭 우리 연구회에 들어와!”

연구회의 권유가 엄청났다…….

결국 이미 직접 연구회를 만들어서 들어갈 수 없다는 사실을 전하자 선배들은 어깨를 축 늘어트리고 물러났다. 하지만 이번에는 같은 1학년들에게서 연구회에 들어오고 싶다는 문의가 쇄도했다.

“저, 저기요! 월포드 군이 연구회를 만들었다고 들었는데요!”

“저도 들어갈 수 없을까요?!”

"나도 들어가고 싶어!"

"나도!"

"뜨아아아! 잠깐 기다려! 그렇게 한 번에 말하면 누가 무슨 말을 하는지 모르겠다고!"

사람이 너무 많다 보니 나 혼자로는 도저히 대처할 수 없어서 입회 절차는 전부 알프레드 선생님에게 떠넘겼다.

모두가 연구회에 들어올 수는 없으니 아무래도 최저 기준을 세울 필요가 있었다.

이공간 수납 마법.

그게 알프레드 선생님이 제시한 조건이었다.

S클래스 전원이 쓸 수 있는 데다 제법 난이도가 있는 마법이니 조건으로서는 타당했다.

결국 A클래스에서 두 명이 연구회에 들어오게 됐고, B와 C클래스 중에 해당하는 사람은 없었다.

이 두 사람은 소꿉친구라는 모양이다. 남자 쪽은 마크 빈. 여자 쪽은 올리비아 스톤. 집은 각각 대장간과 식당을 한다고 했다.

집안일을 돕기 위해 마법에 재능이 있다는 걸 알자마자 이공간 수납 마법부터 배웠다고……. 주로 배달과 장을 볼 때 쓴 거겠지.

나는 완전히 진이 빠진 상태로 교실에 돌아왔다.

"어때? 내 말대로 소동이 벌어졌지?"

“그래…… 뼈저리게 실감했어…….”

“힘들었겠다…….”

“죄송해요……. 저희가 권유에는 아무 도움이 못 돼서…….”

“아니야. 너희 잘못이 아니니까.”

“이걸로 한고비는 넘겼군, 이젠 수여식이 끝날 때까지 소동이 벌어질 일은 없겠지.”

오그는 그렇게 말했다. 확실히 앞으로 한동안은 평범한 수업밖에 없었다. 이렇다 할 이벤트가 있는 것도 아니니 소란스러워질 일도 없으리라. 이젠 내가 조심하기만 하면 된다.

그런데 설마 이후에 더 큰 소동이 벌어질 줄은 상상도 못 했다.

제4장 흑막의 정체는……

왕성의 회의실에 있는 건 국왕 디세움, 군무국장 도미니크, 경비국장 데니스 월러였다.

국무국은 외적, 마물과 타국의 침략을 대비하는 부서. 경비국은 국내 경비와 치안 유지 같은, 이를테면 경찰과 같은 역할을 맡는 부서였다.

디세움은 신에게 들은 정보를 도미니크와 데니스에게도 전했다.

"그럴 수가! 마인이 인위적으로 발생했을 가능성이 있다는 겁니까?!"

"음. 직접 싸운 신 군의 느낌이 그렇다더군. 지금까지의 경위를 생각하면 딱히 틀린 말도 아닌 것 같네."

"그리고…… 마물도……."

"이건…… 엄청난 사태로 발전할지도 모르겠군요."

"그렇게 내버려 둘 수는 없지! 도미니크, 데니스. 군무국과 경비국이 협력해서 이번 사건을 철저하게 조사하도록! 먼지 하나 놓치지 마라!"

"""예!"""

그리고 디세움이 떠나자 회의실에는 도미니크와 데니스만 남았다.

"카트 폰 리츠버그의 주변을 조사하면 뭔가가 나오겠지. 반드시 악행을 폭로해주마!"

"그래. 우리도 협력을 아끼지 않겠네."

두 사람은 보이지 않는 누군가의 악의에 격렬한 분노를 느끼고 있었다.

◇

연구회 설명이 있었던 다음 날, 마침내 우리 연구회도 시동을 걸었다. 예전부터 있던 연구회는 계속 활동 중이지만 우리는 신설 연구회라 오늘부터였다. 그런데—.

"이제 와서 새삼스럽겠지만, 연구회는 뭘 하는 곳이야?"

"정말 새삼스러운 질문이군……. 뭐, 딱히 정해진 건 없어. 기본적으로 수업에서 안 하는 걸 더 자세히 공부하려고 방과 후에 같은 목적을 가진 사람들이 함께 연구하는 게…… 보통이겠지."

"그런가. 그럼 우리 『궁극 마법 연구회』는 뭘 연구해야 하는 거야?"

"글쎄? 그때는 분위기를 타본 거라 뭘 할지 따로 생각한 건 없는데."

"분위기라니……."

그런 이유로도 괜찮은 거야? 내가 이름의 제안자인 린에게 시선을 돌리자—.

"나도 분위기를 타서 말했어. 후회는 안 해."

"요컨대, 아무것도 정해진 건 없다는 건가……."

"월포드 군이라면 다양한 마법을 극한까지 발전시킬 수 있을 것 같아. 나도 거기에 협력하고 싶고, 배우고 싶어."

"……그럼 다 같이 마법의 한계를 연구하자는 걸로 정하면 될까?"

"그걸로 됐어."

뭔가 두루뭉술한 목적이지만 다들 모여서 시끌벅적하게 떠드는 것도 방과 후의 즐거움이겠지.

그리고 연구실에 도착하자 어제 가입한 두 사람이 먼저 와 있었다.

"오! 안녕하심까!"

"아, 안녕하세요."

"안녕. 그러니까…… 마크 군이랑 올리비아 양이었지? 일단 연구실에 들어가 볼까."

연구실은 S클래스 교실만큼은 못 해도 충분한 설비가 갖춰져 있는 방이었다.

"그럼 서로 자기소개부터 하자. 내가 이 『궁극 마법 연구회』의 나도 모르는 사이에 대표가 된 신 월포드야. 잘 부탁해."

그렇게 말하자 마크와 올리비아가 입을 떡 벌렸다. 어째서?

"『궁극 마법 연구회』라니……."

"그런 이름이었어?"

거기에 놀란 거야?! 모르고 들어온 거였어?!

"……뭐, 아무렴 어때. 그럼 두 사람, 자기소개를 부탁해도 될까?"

"아, 옙! 전 마크 빈임다! 집에서는 대장간을 하고 있습다. 『빈 공방』은 아심까?"

"흐응, 『빈 공방』이라면 꽤 유명한 곳이잖아."

"알고 있어? 토니."

"우리 집은 기사 가문이라고 말했었지? 빈 공방의 무기는 날카롭기로 정평이 나 있어서 늘 동경했었어."

엄청 의외였다. 평소의 경박한 분위기와 전혀 어울리지 않는 말이었다.

"고맙습다. 뭔가 주문하고 싶으시면 말씀해주세요. 서비스 해드리겠습다!"

"정말? 그거 참 기쁜걸."

토니의 뜻밖의 일면을 봤다. 그리고 다음은 올리비아의 차례였다.

"저기, 전 올리비아 스톤이라고 해요. 마크와는 소꿉친구구요. 집이 『돌 가마』라는 식당을 경영하고 있어서 가게를 도우려고 마법을 배우기 시작했습니다."

"돌 가마?! 엄청 유명한 가게잖아! 거기 돌 가마 그라탱은 최고던데."

앨리스가 뭔가 알고 있는지 끼어들었다. 야, 침 흘러. 침.

"합격 축하를 거기서 했거든. 진짜 어~~~~엄청 맛있었다구!"

"그건 부러운걸. 우리 집은 예약을 놓쳤는데."

"저, 저기, 괜찮으시다면 한 번 다 같이 오세요. 대접해드릴게요."

"정말?! 야호, 신 군! 앤 엄청난 인재야!"

"너, 그거 무지 실례거든……."

그건 그렇고 둘 다 유명한 가게의 아이들인가. 난 전혀 모르는 가게였지만…….

마크는 갈색 머리와 검은 눈을 한 대장간 아들로 제법 체격이 다부졌다. 말투도 그렇고 왠지 운동부 같은 느낌이다.

올리비아는 검은 머리와 푸른 눈을 한 아름다운 미소녀였다.

"마크는 대장간 아들이라고 했지? 뭔가 만들 줄 알아?"

"예? 아, 조금은…… 하지만 아직 대단한 건 못 만듭다!"

"저기, 마크. 이 연구회에는 1학년밖에 없으니까 존댓말은 그만두자."

"응, 응. 올리비아도!"

"아, 그치만……."

"전하와 영웅님의 손자분인데도요?"

"아, 그건 신경 쓰지 않아도 돼. 신은 나에게 막말까지 할 정도니까."

"아뇨, 전하…… 그건 신만 그런 건데요."

그야 상대가 오그인걸.

"뭐, 오그는 무리겠지. 하지만 난 할아버지와 할머니가 유명할 뿐인 일반인이니까. 너희들이랑 딱히 다를 바 없어."

"……일반인?"

"내가 뭘 잘못 들었나?"

"뭐, 신도 다음 주부터는 유명인이 되겠지만."

다들 너무하네, 진짜! 귀족이 아니니까 일반인 맞잖아? 그리고 오그가 뭔가 말했다.

"오그, 다음 주라니?"

"응? 아, 아마 돌아가면 듣겠지만 네 훈장 수여식이 다음 주 주말로 정해졌어. 이걸로 너도 유명인의 반열에 오른 셈이지."

"그래……. 정해진 건가……."

"안심해. 어제 말했지? 정치적으로 이용할 생각은 없다고. 아바마마께서 식 중에 정식으로 발표하실 거야. 하지만 뭐, 이름이 팔리는 것은 어쩔 수 없겠지. 사실 지금도 팔리는 중이고."

"그런가……."

이제 맘 편히 밖을 돌아다닐 수도 없는 건가…… 아! 그러고 보니―.

“변장하거나 모습을 지우면 되잖아!”

나도 모르게 그렇게 외치고 말았다. 어라? 왠지 주위의 시선이 따가운데…….

“변장은 그렇다 치고 모습은 어떻게 지우는데?”

“응? 말 그대로인데? 이렇게 모습을 지우면 다들 눈치채지 못할걸!”

내가 광학미채 마법을 쓰자 다들 경악했다. 이것도냐.

“어? 신 군? 어디에요?”

“거짓말……. 갑자기 사라졌어…….”

“뭐, 뭐죠?! 이건!”

“아니, 그렇게 놀랄 필요는 없는데…….”

내가 그렇게 말하면서 광학미채 마법을 해제하자 다들 질문 공세를 퍼부었다.

“신! 지금 그건 뭐야? 전혀 안 보였어!”

“확실히 신기했어. 어디 숨은 것도 아닌데 모습만 사라졌어.”

“이동한 건 아니죠? 어떻게 한 거예요?”

“잠깐 기다려! 마크와 올리비아한테도 신경 좀 써줘!”

그렇게 말하고 시선을 돌리자 둘 다 입을 떡 벌리고 있었다.

“전하께 막말을…….”

“월포드 군이 훈장을 받는 거예요?”

놀란 부분이 조금씩 어긋나있었다!

"잠깐 이야기를 정리해보자. 뭔가 엉망진창이네."

"너 때문에."

"시끄러! 잠깐 기다려 봐. 그게…… 마크에게 뭔가 만들 줄 아냐고 물어보다가 존댓말은 관두라는 말을 했었지?"

"맞습다."

"그럼 먼저 존댓말부터 그만둬. 같은 나이인데 존댓말을 쓰는 건 좀 그렇잖아."

"전하와 월포드 군에게는 무리입다! 게다가 공방을 도울 때는 제가 가장 막내라 이 말투가 보통입다!"

"저도 평소에 가게를 도울 때는 늘 존댓말을 써서…… 전하와 월포드 군 외에는 가능할 것 같지만, 그것도 당장은 무리예요."

오그와 같은 취급이라니…….

"뭔가 하고 싶은 말이 있는 모양인데?"

"별로…… 하아, 그럼 그냥 편한 대로 해. 강요할 생각은 없으니까."

"죄송합다."

"죄송해요."

"일일이 사과할 필요도 없어. 그런데 마크는 지금 어떤 걸 만들 수 있어?"

"아~ 조금 전에도 말씀드렸지만 전 가장 막내라 요즘 들어서 겨우 나이프를 만들 수 있게 된 정도입다."

"그런가. 뭔가 만들 수 있다면 무기를 새로 맞춰보려고 했는데."

"예에?! 월포드 군의 검은 마인을 벤 검이잖슴까? 그걸 대신할 만한 검은 거의 없을검다!"

응? 아, 그런가. 말한 적이 없었나.

"아니, 그 검은 마법을 부여했을 뿐인 평범한 철검이야. 게다가 얇고 가볍게 만들어서 내구성도 별로고."

"예? 평범한 검?"

나는 바이브레이션 소드를 이공간에서 꺼내 마크에게 보여주었다.

"이게 마인을 벤 검……."

"잘 확인해 봐."

마크는 바이브레이션 소드를 다양한 각도에서 감정했다.

"……믿을 수가 없슴다. ……정말 이 검으로 마인을 벤 검까?"

"응."

"이 검은…… 가볍고 얇아서 확실히 쓰기는 편할 것 같슴다. 하지만 그것뿐임다. 약간 단단한 걸 베면 단숨에 부러질 것 같슴다."

"뭐? 그 정도야?"

"예, 전하. 한 번 보시겠습니까?"

마크는 그렇게 말하며 오그에게 검을 건넸다.

……오그에게는 평범한 존댓말을 쓰네.

"이건…… 확실히 그다지 튼튼하진 않을 것 같군."

"마법을 부여했다고 말했잖아? 마력을 흘려 넣어 봐."

"읏! 이건? 칼날이 미세하게 진동하고 있어?"

"그럼 이거라도 베어볼래? 그냥 살짝 대기만 해봐."

그렇게 말하고 이공간 수납 마법으로 통나무를 꺼냈다.

그런데 내가 왜 이걸 여기에 넣어둔 거지? 어딘가에 쓰려고 했나?

왜 통나무를 넣은 건지 고민하고 있는데 오그의 놀란 목소리가 들렸다.

"헉! 뭐야 이건?!"

바이브레이션 소드가 통나무를 마치 버터처럼 갈랐다. 그 광경에 다들 눈을 크게 떴다. 곧이어 통나무는 완전히 두 동강이 나고 말았다.

"이건 대체……."

"바이브레이션 소드. 칼날에 초고속 진동을 더하면 이런 식으로 물체를 간단히 베어버릴 수 있어."

나는 바이브레이션 소드를 받으면서 설명했다.

"칼날 자체는 얇은 편이 좋아. 그리고 칼자루를 개조하는 정도? 역시 얇고 부러지기 쉬우니까 예비가 필요하던 참이었어."

나는 그렇게 말하고 바이브레이션 소드를 이공간에 수납

했다. 그러자 뭔가 생각 중이던 마크가 입을 열었다.

"……얇은 칼날. 조건이 그것뿐이라면 저도 만들 수 있습니다. 나머지는 월포드 군과 상담이 필요할 것 같습니다만……."

"진짜?! 다행이다. 지금까지는 사람을 경유해서 부탁하느라 세세한 조정은 무리였거든. 진짜 고마워!"

"아뇨, 이 정도는 별거 아닙니다."

이야~ 정말 잘됐다. 앞으로 이런저런 시도를 해볼 수 있을 것 같다.

"그런데 이런 것까지 만들었었군."

"굉장하네에. 나도 부여 마법에는 자신이 있었는데~ 이걸 보니까 자신감이……."

"유리도 조만간 만들 수 있을걸? 한 번 할머니에게 가르쳐 달라고 부탁해볼까?"

"뭐?! 진짜? 아앙~ 정말 기뻐!"

유리가 이렇게 신이 난 건 처음 봤다. 정말로 할머니를 존경하나 보다.

"그런데 이걸 나이프로 만든 건 디스 아저씨랑 크리스 누나랑 지크 형한테도 줬는데?"

"……난 못 봤다만."

"그런가. 비밀로 했나 보네."

"그러고 보니 몇 년 전에 지크프리트가 새로운 무기를 입수했다고 자랑한 적이 있었지……. 내가 아무리 부탁해도 안 보여줬지만……."

지크프리트? 누구지? 그 멋진 이름을 가진 사람은?

"신 군. 지크프리트 님이랑 아는 사이였어?!"

"지크프리트 님이 누군지는 모르겠는데 디스 아저씨…… 국왕의 호위인 지크 형이라면 알아. 은발 머리의."

"그분이야! 여자 마법사, 아니! 왕도에 사는 모든 소녀가 동경하는 분. 그분이 바로 지크프리트 마르케스 님이라구!"

"그야 다들 동경할 만해……."

"한 번만이라도 좋으니까 대화를 나눠봤으면."

"중등학원에는 팬클럽도 있었는데~."

앨리스가 열변을 토했다. 마리아, 린, 유리도 동의했다.

"어…… 그냥 경박한 형일 뿐인데?"

"게다가 크리스티나 님과도 아는 사이?"

크리스티나 님이라는 건 또 누군데?

"지크 형이랑 같은 호위인 크리스 누나라면 알아."

"크리스티나 헤이덴. 젊은 나이에 국왕 폐하의 호위기사로 임명될 정도로 검술 실력이 뛰어난 데다 그 아름답고 신비로운 외모를 동경하는 남자들도 많아."

토르, 율리우스, 마크가 엄청난 기세로 고개를 끄덕였다.

"신비하다니…… 그냥 무뚝뚝한 것뿐인데……."

내 지인들은 엄청난 인기인이었다.

뭐지, 이 자기 형제를 칭찬받은 듯한 묘한 느낌은. 그보다 실제 모습과는 정반대…… 직접 만나게 해줬다간 환멸을 느낄지도 모르겠다.

“그것보다 신, 조금 전에 모습을 지운 건 어떻게 한 거야?”

“맞아, 신 군! 그건 대체 뭐야?”

“아, 광학미채?”

“광학…… 그게 뭐지?”

“광학미채. 인간이 눈으로 보는 게 뭔지는 알고 있어?”

“뭐라니…… 사물이잖아?”

“사물을 어떤 식으로 보는 건데?”

“어떤 식이라니…… 그런 걸 내가 어떻게 알겠어.”

“인간의 눈은 빛이 반사한 걸 보는 거야.”

“반사?”

“응. 그래서 빛을 반사하지 않는 물체는 보이지 않아. 유리도 그렇잖아? 그건 빛이 유리를 통과하니까 불순물이 섞이지 않은 유리일수록 더 투명하게 보이는 거거든.”

“듣고 보니…….”

“그렇다는 건 즉, 그 반사한 빛을 굴절시키면…….”

“아! 신 군이 사라지고 있어요!”

“사라지는 게 아니야. 내 주위에 마법을 써서 빛을 굴절한 것뿐이지. 내 주변 풍경을 반사한 빛이 나를 우회해서 내 앞에 있는 사람에게 전달된 거야. 결과적으로 내가 사라진 것처럼 보이는 것뿐이야. 투명해진 게 아니라.”

광학미채를 해제하고 설명하자 다들 어리둥절한 표정을 지었다.

"……시실리는 알겠어?"

"아니……."

"설명을 들어도 전혀 모르겠어!"

"모르겠지만, 이건 굉장한 마법."

"역시……."

"마법의 상식이라는 걸 모르시는구려."

다들 말은 그렇게 했지만…….

"여긴 『궁극 마법 연구회』잖아? 이 정도로 놀라면 어쩌려고 그래."

"느닷없이 너무 궁극적이잖아!"

"이건 굉장해. 궁극의 은폐 마법."

"아니, 소리도 지우지 않았고 마력 차단도 안 했으니까 궁극은 아니지."

"아니, 충분해. 될 수 있으면 이 마법도 주위에 퍼트리지 않았으면 좋겠군."

오그는 그런 평가까지 내렸다.

"어째서?"

"암살, 기밀문서 도난, 도청, 미행. 범죄에 쓸 가능성이 지나치게 커."

"그런 식이라면 마법 중에 쓸 수 있는 게 얼마나 있겠어.

결국 쓰는 사람의 양심에 달린 문제잖아?"

"확실히 틀린 말은 아니다만…… 이 마법은 유혹이 너무 커……"

"괜찮아요, 전하! 왜냐하면 방금 설명을 들어도 이해한 사람은 아무도 없었으니까요!"

"……하긴 그렇군."

"내 설명이 그렇게 알아듣기 어려웠어?"

"아~ 애당초 뭔 말을 하는지 전혀 모르겠던데."

알기 쉽게 빛의 반사부터 설명했는데 말이지. 눈이 빛을 포착한다는 개념조차 없는 건가?

"그런가……. 못 알아들은 건가."

"이건 그거네. 신이 궁극 마법을 개발하는 모습을 따스한 눈으로 지켜보는 모임이 될 것 같아."

"아니야. 난 조금이라도 월포드 군에게서 지식을 훔쳐내겠어."

"폐하께서 입학식 때 말씀하셨던, 신 군이 마법의 고정 관념을 파괴해줄 거라는 게 이런 뜻이었군요."

"지나치게 파괴한 게 아닐까 싶습니다만……."

"체념하는 게 좋겠소이다, 토르."

"역시 이 연구회에 들어오길 잘했어. 계속 S클래스에 남을 수 있겠는걸."

"난 부여 마법을 배우고 싶은데에~."

"뭐, 적당히 해."

기막혀하는 사람도 있고 의욕이 생긴 사람도 있었다. 뭐, 연구회 첫 활동은 이 정도면 충분하려나?

그러고 보니 그 두 사람은 어떻게 됐지?

"무영창임까……."

"과연 S클래스네요……."

또 놀라워하는 부분이 어긋나있었다!

◇

귀족의 저택이 늘어서 있는 구역.

커다란 집이 많은 이 일대는 통행인이 적은 한산한 거리였다.

경비국 조사관 올트 리커먼은 그 조용한 거리에 있는 리츠버그 백작 저택을 방문했다. 리츠버그 백작을 사정 청취하기 위해서였다.

올트는 저택의 응접실에서 러셀과 마주 본 채 앉아 있었다.

"부인께선 지금?"

"음…… 아내는 마음의 병으로 앓아누웠네. 아들이 마인이 된 데다가 살해당하기까지 했으니까. 나도 가능하다면 드러누워 버리고 싶은 심정이군."

"……그 심정은 이해합니다."

"아니, 신경 쓰지 말게. 카트가 그렇게 된 건 우리에게도 책임이 있으니."

"그 일로 드릴 말씀이 있습니다만…… 아드님은 예전부터 그런 성격이었던 겁니까?"

"웃기지 마!"

러셀은 자기도 모르게 고함을 질렀다.

하지만 곧 이성을 되찾고 올트에게 목소리를 높인 것을 사과했다.

"미, 미안하군. ……요즘 신경이 날카로워서……."

"아니요, 무리도 아니실 겁니다. 그리고 실례를 무릅쓰고 다시 여쭈겠습니다만, 아드님은 옛날부터 그런 거만한 성격이었던 겁니까?"

"아니…… 자네도 알다시피 우리나라는 국민을 그 무엇보다 우선시하는 나라일세. 귀족은 국민을 위해, 왕족은 귀족을 포함한 모든 국민을 위해. 국민은 나라의 보물이자 그 무엇보다 지켜야 할 대상으로 보고 있지. 카트에게도 어릴 때부터 그렇게 가르쳐왔네. 다소 자존심이 강한 편이기는 했지만, 국민이 지켜야 할 대상이라는 인식은 가지고 있었을 테지."

"지금까지 그런 언동은 없었다는 건가요?"

"……나도 종일 카트를 지켜본 건 아니라……. 아내와 고용인이라면 더 잘 알고 있을지도 모르겠네만……."

"그건 나중에 확인해보겠습니다. 그럼 아드님이 그런 태도를 보이게 된 건 언제부터입니까."

"며칠 전이 처음이었다네."

"그렇습니까……."

고등 마법학원에서 들은 평판과 전혀 달랐다. 하지만 중등학원의 평가와는 일치했다.

고등 마법학원에서는 『거만한 태도의 어리석은 인간』.

중등학원에서는 『자존심이 강하지만 국민을 배려하는 귀족』.

중등학원과 고등 마법학원의 평가가 이렇게까지 다를 수 있는 걸까? 이건 완전히 다른 사람 수준이었다.

중등학원에서는 왕국 귀족다운 귀족.

그리고 고등 마법학원에서는—.

"제국 귀족……."

"음?"

"그게…… 중등학원 시절의 아드님은 왕국 귀족다운 귀족이었습니다만, 고등 마법학원에 들어간 후의 아드님은……."

"……제국 귀족 같았다는 건가?"

"어디까지나 제 사견입니다만."

"……확실히 제국 귀족은 국민을 착취의 대상으로 보고, 귀족이 아니면 인간이 아니라고 주장하는 놈들까지 있다고 들었네만……."

블루스피어 제국과는 귀족의 마음가짐이 전혀 달랐다.

알스하이드 왕국의 귀족은 국민을 지키기 위해 존재하며 그들이 있기에 자신들이 번영을 누릴 수 있다고 생각하는 게 일반적이었다. 디세움이 멀린에게 말했던 귀족의 의식개혁이란 바로 이런 것을 가리켰다.

몇 세대에 걸친 개혁으로 마침내 뿌리를 내린 가치관. 실제로 이 의식개혁 후의 알스하이드 왕국은 국민의 생활 수준이 향상되었고 생산성도 올라간 덕분에 세수입이 늘어나 사회 전반적인 번영을 누리게 되었다.

반면에 블루스피어 제국의 귀족은 평민을 착취의 대상으로 보았다. 평민은 몹시 무거운 세금으로 고통을 겪고 있으며 생산성도 낮았다. 생활 수준도 왕국과 비교하면 굉장히 질이 떨어졌다.

왕국에서 열다섯 살 이하의 어린애는 모두 동등한 교육을 받을 권리가 있기에 거의 의무교육이나 다를 바 없었다. 따라서 국민의 문맹률이 낮고 계산 속도도 빨랐다.

반면 제국에서는 학교란 귀족, 혹은 일부의 부유층 자제만 다닐 수 있는 곳이며 평민이 학교에 다니는 건 금지되어 있었다. 지식을 얻을 기회를 원천적으로 차단한 탓에 착취당하는 쪽으로 태어난 자는 평생 그 위치를 벗어나지 못했다.

벗어나는 방법 자체를 모르기 때문이다.

평민은 귀족을 위해 존재하며 이익을 낳는 존재.

카트의 최근 언동은 그야말로 그 제국 귀족들과 다를 바 없었다.

"이건…… 어쩌면 제국 관계자의 세뇌를 받았을 가능성이 있을지도 모르겠군요."

"제국의 세뇌라고?!"

"리츠버그 백작님. 뭔가 이상하지 않습니까? 바로 얼마 전까지는 왕국 귀족답게 국민을 배려할 줄 알았던 사람이, 어느 날 갑자기 귀족은 선택받은 인간이라며 평민과 같은 취급을 받는 게 견딜 수 없다고 말하는 게 가당키나 할까요?"

"그래서 나와 아내도 혼란스러운 걸세……."

"아드님께서 제국민, 혹은 제국의 망명자와 접촉한 적은 없었습니까?"

"……아, 그러고 보니……."

"있는 거군요?"

"카트가 다녔던 중등학원의 교사일세. 제국 출신에 두 눈을 안대로 가리고 있었지. 상당히 뛰어난 실력의 마법사라 제국에서 뭔가 말썽을 일으키고 넘어온 게 아닐까 하는 소문이 있더군."

"그 교사와 아드님이?"

"그래. 카트는 그 교사가 열었던 연구회에 참가했었지. 고등 마법학원 입시를 준비할 때도 잠시 동안 가정교사로서 와준 적이 있었지."

"제국 출신의 교사……."

수상하다. 누가 봐도 수상했다.

그래서 올트는 고용인들의 이야기도 들어보았다.

"슈투름 선생님 말씀입니까? 좋은 분이지요. 제국 출신이라고 들어서 차별의식이 강할 줄 알았는데 전혀 그렇지 않더군요. 저희들 고용인들과도 허물없이 접해주셨습니다."

고용인들의 증언은 대부분 이러했다.

그럼 문제없는 건가? 아니, 하지만 그 교사는 1년 전부터 중등학원의 교직원이 되었다. 그리고 담당 학생인 카트가 마인이 되었다.

1년 전.

최근에 알게 된 사안과 시기가 일치했다. 덧붙이자면 그가 담당했던 학생이 마인이 되었다.

증언으로는 이상한 점이 없었다. 하지만 상황은 전부 이상했다. 그리고—.

"도련님이 그렇게 되신 날에도 찾아와주셨습니다."

"그건 언제쯤이지요?"

"분명…… 오전 중이었을 겁니다."

오전 중이라는 건 마인이 되기 전. 게다가 방문한 후에 카트는 방을 빠져나왔다.

증거는 아무것도 없었다. 하지만 명백히 의심스러웠다.

올트는 바로 카트가 다녔던, 그리고 지금도 슈투름이 교편을 잡고 있는 중등학원에 가보기로 했다.

만에 하나의 상황을 대비해서 경비대 대기소에 돌아와 젊은 대원 한 명을 대동했다.

두 사람이 방문한 학교는 귀족과 유복한 상인의 자제가 다니는 학교라 그런지 다른 곳보다 건물이 호화로웠다. 올리버 슈투름은 자신의 연구실에 있었다.

"바쁘신 와중에 죄송합니다. 슈투름 선생님."

"실례하겠습니다."

"아뇨, 괜찮습니다. 홍차라도 내올까요?"

"아닙니다. 신경 쓰지 마시길."

올트는 주의 깊게 슈투름을 관찰했다. 두 눈을 안대로 가렸는데도 움직임에는 전혀 망설임이 느껴지지 않았다.

아마 감지 계열 마법을 쓰고 있는 거겠지만 어떤 식으로 작용하는지는 전혀 알 수 없었다.

올트는 관찰만으로는 해결이 되지 않겠다 싶어서 질문을 던졌다.

"슈투름 선생님은 제국 출신이라도 들었습니다. 실례를 무릅쓰고 말씀드리겠습니다만, 우리나라에는 어떤 경위로 오신 건지 여쭤 봐도 괜찮겠습니까?"

"제가 왕국에 온 이유라…… 부끄러운 이야기입니다만 사실 전 제국 귀족 가문 출신입니다."

제국 귀족…… 그 단어에 한순간 올트의 몸이 긴장되었다.

"가문의 후계자 싸움에서 지는 바람에…… 저를 제거하려는 친족에게서 간신히 도망쳐온 거랍니다. 그래서 제국에 있을 수 없게 됐으니 왕국으로 망명하게 된 거죠. 이 눈도 당시에 습격을 받아 빛을 잃게 된 겁니다."

"흠, 그러셨군요. 아, 실례되는 질문을 해서 죄송합니다."

"아뇨, 그게 당신의 일일 테니까요. 신경 쓰지 마시길."

자연스러운 대답. 하지만 슈투름의 말이 사실인지는 아직 알 수 없었다. 어디까지가 진실이고 어디까지가 거짓일까. 올트는 질문을 계속했다.

"그러고 보니 슈투름 선생님께선, 학교에서 마법에 재능이 있는 아이들을 연구회에 모아 우수한 마법사로 육성하고 계신다더군요. 어째서 그런 일을? 아무리 지금은 직장이라고 해도 원래 우리나라는 적국이었지 않습니까. 제국에 대한 앙갚음입니까?"

"그렇게 생각하시는 것도 무리는 아니겠지요. 하지만 저에겐 그런 의도가 없습니다. 더 단순한 이유에서죠."

"그렇다는 말씀은?"

"전 제국 귀족 출신의 신입 교사니까요. 제법 텃세가 심하더군요. 이 학교에서 인정받기 위해 눈에 보이는 공적이 필요했던 겁니다."

"그게 당신의 연구회라는 겁니까."

"그렇습니다. 덕분에 제 연구회에 들어온 아이들은 다들 마법 실력이 일취월장했지요. 고등 마법학원에 합격한 학생도 나온 덕분에 입장을 공고히 할 수 있었습니다."

슈투름은 딱히 숭고한 이유가 있는 게 아니라 어디까지나 보신을 위한 행동이었다고 대답했다. 인간의 행동 원리 중 가장 자연스러운 이유였다.

방금 나눈 대화에서 이상한 점은 없었다. 얼굴을 봐도 안대 때문에 표정을 읽기 어려웠다. 올트는 혀를 차고 싶은 기분을 억누르며 질문을 계속했다.

"그렇다면 이번 일은 유감이었겠군요."

"예, 카트는 방금 제가 언급한 고등 마법학원에 합격한 학생이었습니다. 그런데 설마 이런 일이 일어날 줄은……."

"경력에 흠집이 생겼으니 말입니까?"

그러자 슈투름은 약간 화가 난 듯이 반론했다.

"그런 뜻이 아닙니다! 카트는 제 귀여운 제자였습니다! 그런 아이에게 그런 일이 벌어졌다는 게 슬펐다는 뜻입니다!"

"실례했습니다. 제 실언입니다."

"……아셨으면 됐습니다."

슈투름은 한순간 흥분한 것처럼 보였지만 곧 마음을 가라앉혔다. 이것도 진심일까. 아니면 연기일까. 그렇다면—.

"슈투름 선생님, 한 가지 부탁드리고 싶은 게 있습니다만."

"무슨 부탁이죠?"

"사실 마인이 된 그의 시신에서 확인해주셨으면 하는 점이 있습니다."

"확인?"

"예, 현재 관계각처에서 전문가를 모아 시신을 검사 중입니다만, 소문을 듣자 하니 선생님께선 상당한 고위 마법사라고 하시더군요. 아무쪼록 선생님의 고견도 들려주셨으면 합니다."

"제자의 시신을 검사하는 건 아무래도 내키지 않습니다만……."

"그래도 꼭 부탁드립니다. 이건 인류를 위한 일이기도 하니까요."

"……하아, 알겠습니다. 가보죠."

"감사합니다. 그럼 바로 시간을 내주실 수 있겠습니까?"

"꽤 서두르시는군요. ……좋습니다. 오늘은 연구회도 없으니까요."

"감사합니다. 그럼 가죠."

올트는 그렇게 말하고 젊은 대원한테 눈짓을 보낸 후 자리에서 일어났다.

"유익한 이야기를 들을 수 있길 기대하겠습니다."

"제멋대로 기대하시면 곤란합니다만."

그리고 세 사람은 경비대 대기소로 출발했다.

슈투름을 데리고 경비대 대기소에 온 올트는 연병장으로 이동했다.

"죄송합니다, 선생님. 억지로 이런 곳까지 모시고 와서."

"새삼스러운 말씀이군요. 이제 됐습니다."

두 사람은 그렇게 대화를 나누며 연병장으로 들어갔다.

"여기는?"

"아, 경비대의 연병장입니다. 여기서 검사를 할 예정입니다."

"이런 곳에서 말입니까?"

"예."

올트는 그렇게 대답하고 신호를 보냈다.

그러자 연병장을 에워싸듯 기사, 병사, 마법사들이 나타났다.

"당신의 검사를 말이죠."

"저를? 어째서?"

"이봐, 올트. 거기 있는 젊은 대원이 날 부르던데 이게 대체 어떻게 된 노릇이냐."

올트는 슈투름의 연구실을 나올 때 젊은 대원에게 군부를 모으라고 신호를 보냈다.

대원의 호출을 받고 온, 로브를 약간 불량하게 입은 마법사가 올트에게 질문했다.

그는 전 군무국장이자 현 마법사단장인 루퍼 올그란.

그리고 현 군무국장인 도미니크도 와 있었다.

“지금부터 설명하겠습니다. 루퍼 님.”

올트는 그렇게 말하고 슈투름을 쳐다보았다.

“제가 대체 왜 이런 처사를 받아야 하는 겁니까, 올트 씨. 역시 제국 귀족 출신이기 때문입니까?”

“그런 이유가 아닙니다, 슈투름 선생님. 당신의 증언은 훌륭했습니다. 증언뿐이라면 의심할 여지가 없었겠죠. 하지만 당신은 한 가지 실수를 범했습니다.”

“실수?”

“예, 도미니크 국장님. 마인이 된 건 누구였지요?”

“카트 폰 리츠버그였지. 그게 어쨌다는 건가.”

“그렇습니다. 여기에 있는 사람은 모두 알고 있습니다.”

“그게 어쨌다는 겁니까.”

“**여기**에 있는 사람은 모두 알고 있지만, 그 외의 사람들은 모를 터.”

“……호오?”

“월포드 군에게서 사정을 들은 폐하께서는 바로 함구령을 내리셨습니다. 마인이 된 인간의 이름을 외부에 발설하지 말라고. 이번 마인 출현에는 몇 가지 불분명한 점이 있으므로 카트의 가문이 부당한 취급을 받지 않도록 말입니다. 당신과 만나기 전에 리츠버그 저택을 방문했지만 조용하더군요. 마인에게 위협을 느끼는 국민성으로 미루어보건대 마인이 된 게 카트 폰 리츠버그라는 사실이 알려졌다면 사람들이 몰려들었겠지요. 이건 함구령이 제대로 기능했다는 증거입니다."

주위의 기사와 마법사들도 그 사실을 깨닫고 슈투름을 경계하기 시작했다.

"이 왕도에 퍼진 건 『고등 마법학원에 마인이 출현했으나, 우연히 그 자리에 있었던 영웅의 손자 신 월포드가 마인을 토벌했다』는 내용뿐입니다. 마인이 출현한 사실을 알고 있지만, 누가 마인이 된 건지는 모릅니다. 알고 있는 건 여기에 있는 군부, 경비대 일부. 그리고 고등 마법학원의 관계자뿐이지요. 자, 그럼 과연 당신은 어디서 카트 폰 리츠버그가 마인이 됐다는 정보를 입수한 걸까요? 당사자를 기밀 유출로 처벌할 테니 가르쳐주시지 않겠습니까?"

올트가 그렇게 말하자 슈투름이 갑자기 큰 소리로 웃음을 터트렸다.

"큭큭큭, 아하하하! 아하하하하하하하!"

"뭐지?!"

"정신이 나간 건가?"

슈투름은 당황하는 군인과 경비대원들을 무시하고 입을 열었다.

"설마 함구령까지 내렸을 줄은 몰랐군요. 왕도 전체가 떠들썩한 걸 보고 마인의 정체를 다들 알고 있는 줄로만 알았습니다. 그렇군요. 화제가 된 건 월포드 군뿐입니까."

"그런 겁니다. 다들 새로운 영웅의 탄생에 들떠 있지요. 더구나 이미 영웅이라 칭송받는 분들의 손자이니 당연히 더 큰 화제가 됐습니다. 게다가 마인이 출현했음에도 실질적인 피해는 제로. 국민이 마인의 정체보다 영웅 쪽에 더 주목하는 게 당연하겠지요."

"그렇습니까. 다들 마인보다 영웅을 더 주목하는 겁니까."

슈투름은 그렇게 말하더니 마력을 두르기 시작했다.

"깔보지 마라!"

루퍼가 즉시 무영창으로 불꽃 화살 마법을 날렸다. 슈투름에게 명중한 줄 알았던 불꽃 화살은 마력 장벽에 가로막혔다.

"칫! 이걸 막아냈나. 네놈은 대체 정체가 뭐냐!"

"후후, 그걸 대답해드릴 의무는 없군요."

슈투름은 그렇게 말하더니 폭파 마법을 날려서 연병장 벽을 파괴했다. 그리고 공중으로 떠올라 밖으로 나가려 했다.

"절대로 놓치지 마라! 놈을 놓치면 또 희생자가 생길 거다!"

도미니크의 명령을 들은 군부의 인간이 일제히 마법과 화살을 날렸다. 하지만 이번에도 전부 마력 장벽에 가로막혔다.

"자, 그럼 이곳에서의 실험은 전부 끝났으니 슬슬 실례해야겠군요."

"실험……이라고?!"

그 말을 들은 올트가 격노했다.

"카트를 실험에 썼다는 거냐! 미래가 창창한 소년의 목숨을! 네 이기적인 목적을 위해서!"

"그렇습니다만? 안타깝게 됐군요. 뭐, 제 눈에 들어온 시점에서 이미 재수가 없었다고 생각하시길."

"재수가 없었다고? 그의 가족이 얼마나 상처받고 괴로워하는지 알기나 해?!"

"올트! 그만둬!"

올트는 경비대원용 사브르를 뽑고 슈투름에게 달려들었다.

"하아, 정의감이 넘치는 사람은 성가시군요……."

슈투름은 올트의 공격을 피한 후 그의 등에 마법을 날리려 했다.

"올트!"

그러자 도미니크가 옆에서 몸을 날려 올트와 함께 바닥을 굴렀다.

그리고 그 옆을 스쳐 지나간 마법이 경비대 부지의 담장을 파괴했다.

"음? 이걸 피한 겁니까."

여유 있게 말하는 슈투름을 전원이 포위하고 어떻게 제압해야 좋을지 망설이자—.

"으헉! 뭐야 이게?!"

소년의 목소리가 들렸다.

"어어!? 이게 대체 무슨 난리야?!"

모두가 돌아본 그 앞에는 신 월포드가 있었다.

◇

시간은 연구회 첫날이 끝났을 무렵으로 거슬러 올라간다. 걸어서 귀가하는 사람, 합승용 마차를 타고 귀가하는 사람, 왕도는 워낙 넓다 보니 집에서는 다닐 수 없어서 학교가 마련한 기숙사로 돌아가는 사람 등.

S클래스 중에는 기숙사생이 없었기에 다 같이 학교를 나왔다.

"맞아, 마크. 오늘부터 너희 집에 들러도 될까?"

"예? 우리 집 말씀임까?"

"응. 아까 말했던 무기 때문에. 어떤 게 가능하고 어떤 게 불가능한지 확인해보고 싶거든."

"아, 괜찮슴다. 이대로 가겠슴까?"

"흠…… 시실리, 마리아. 마크네 집에 들렀다 가도 괜찮을까?"

"전 상관없어요."

"나도 상관없어. 마크네 가게도 구경해 보고 싶었으니까."

"나도 같이 가도 될까?"

웬일로 토니가 그렇게 말하며 끼어들었다.

"역시 지금도 빈 공방이 신경 쓰이는 거야?"

"음. 뭐, 지금은 검을 휘두를 일이 없겠지만 역시 검을 보면 가슴이 두근거리거든."

"기사가 되기 싫은 게 아니었어?"

"기사 양성 사관학원이 싫었던 거지 기사와 검사가 싫었던 건 아니야."

"그럼…… 아, 남녀 성비가……."

"나에게 그 학교는 지옥이나 다름없으니까."

입학한 지 얼마 되지 않았지만 토니가 여자애들과 함께 있는 모습을 자주 보곤 했다. 여자가 적은 환경을 견딜 수 없었던 건가. 오늘도 신기하게 느낀 건 여자애들과 함께 돌아가지 않았기 때문이다. 그 정도로 빈 공방에 매력을 느끼고 있는 모양이었다.

"그럼 나도 가볼까."

"전하!"

"호위가 둘에 신까지 있어. 위험할 일은 거의 없겠지."

"그런 문제가……."

"그리고 아바마마께서도 자주 신의 집에 가신다고 하더군."

"전하……."

오그가 뭔가 플래그를 세우는 발언을 하며 참가했다.

"사람이 꽤 늘어났네."

"뭐, 어때. 이렇게 다 함께 거리를 걸어 다니는 것도 즐거운걸."

"그러네요. 저도 즐거워요."

마크, 올리비아, 나, 시실리, 마리아, 토니, 오그, 토르, 율리우스 이렇게 총 아홉 명이 마크의 집에 가기로 했다.

걷기 시작하자 일행은 남성진과 여성진과 오그 트리오로 갈라졌다. 여성진은 즐겁게 수다를 떨면서 걸었다. 왠지 즐거워 보였다.

"그런데 월포드 군은 어떤 검을 만들고 싶은 검까?"

"흐음, 칼날이 얇은 게 대전제지만 이러면 부러지기 쉽단 말이지. 금방 교체할 수 있게 하고 싶은데 칼날을 잔뜩 만들려면 돈이 드니까……."

"현자님의 손자면서 돈 걱정을 하는 거야?"

"난 용돈을 받고 있어. 직접 벌어서 쓰는 것도 아니니까 많이는 못 써."

"흐응, 어쩐지 의외인걸."

"의외라니……."

다들 날 어떤 눈으로 보는 거지?

"그래도 너만큼 강하다면 아르바이트로 마물 사냥이라도 하면 될 텐데."

"아르바이트로 마물 사냥?"

"어, 몰랐어? 마물 헌터는 정규 고용직이 아니야. 누구나 마물의 토벌 기록을 보여주기만 하면 보상금을 받을 수 있어."

"그랬던 건가……."

"그런 부분은 세상 물정에 어둡구나. 다들 당연히 알고 있는 사실인데."

마물 토벌이 돈이 된다는 이야기는 들었지만, 협회에 등록이 필요한 줄 알았다. 그렇게 간단한 거였나.

그렇게 이야기를 나누고 있자 계속 생각에 잠겨있던 마크가 한 가지 제안을 했다.

"월포드 군, 그럼 손잡이까지 일체형인 얇은 검의 거푸집을 만들어서 대량 생산하는 건 어떻습까? 손잡이를 따로 가공할 필요도 없고 거푸집을 만들면 비용도 절감할 수 있을 겁다."

"아, 그건 나도 생각해봤는데 손잡이까지 일체형이면 진동이 문제가 돼서……."

"아, 그렇습까. 칼날이 진동하는 방식이었죠."

"응. 도저히 들고 휘두를 수가 없어."

마크와 상담을 나누고 있자 토니가 이런 제안을 했다.

"그럼 칼날을 간단히 교체할 수 있게 만들면 되는 거 아니야?"

""그거다!""

큰 소리를 낸 탓에 다들 이쪽을 쳐다봤다.

"무슨 일이야?"

"아니, 토니의 제안 덕분에 신무기의 아이디어가 떠올랐거든."

"신무기……."

"응. 칼날은 얇고 부러지기 쉬워도 상관없어. 요컨대, 쉽게 교체할 수만 있다면 비용도 절감할 수 있을 테고."

"남은 건 어떻게 교체하느냐겠네요."

"원터치로 교체할 수 있으면 좋겠는데……."

"그건 그것대로 개발비가 들 것 같습다."

"일반적으로 칼날과 손잡이를 연결할 때는 흔들리지 않도록 단단히 고정하지만, 처음부터 진동하는 걸 전제로 만드는 무기니까 빠지지 않게만 하면 장착하기도 쉬워지지 않을까?"

""그거다!""

이야~ 오늘은 토니가 있어 줘서 다행이다. 이걸로 새로운 바이브레이션 소드의 개발 전망이 세워졌다. 정말 기대된다.

"……뭐, 그 정도라면 딱히 문제 될 건 없겠군."

오그는 그렇게 말했다. 넌 언제부터 내 감시역이 된 거야?

"어서 공방으로 가죠! 시험해보고 싶은 아이디어가 끊임없이 샘솟고 있습다!"

"응, 그러자."

"저기, 신. 너희가 공방에 있는 동안 우리는 올리비아네 가게에 있어도 될까?"

"올리비아 양과 좀 더 이야기를 나눠보고 싶어서요."

"으으…… 살살 부탁드려요……."

시실리와 마리아의 질문공세에 어지간히 시달렸는지 올리

비아는 축 늘어져 있었다.

"그럼 그렇게 해. 공방에 가봤자 지루할지도 모르니까."

남성진과 오그 트리오는 공방으로, 여성진은 올리비아의 가족이 운영하는 가게로 서둘렀다. 도중에 넓은 공간을 차지한 건물 옆을 지나갔다.

"이건 무슨 건물이지?"

"아, 여긴 경비대 대기소입다. 거기 있는 건물이 연병장이고 안쪽에 있는 게 대기소입다."

"흐응. 그렇구……."

콰앙!

그 연병장이 폭발했다.

"꺄아아아악!"

그 소리에 여성진이 놀라 비명을 질렀다.

"뭐, 뭐지?!"

""전하!""

호위 두 사람은 오그를 감싸듯 앞으로 나섰다.

"뭐야? 연병장에서 사고라도 일어난 거야?"

"아뇨, 설마. 연병장 벽은 학교의 연습장과 마찬가지로 마력 장벽이 펼쳐져 있을 텐데……."

"그걸 파괴할 정도의 기세로 마법을 날렸다는 뜻인가……."

위험한 예감이 든다. 그리고 연병장 안쪽에서 거대한 마력이 느껴졌다.

"위험해! 다들 이 건물에서 떨어져!"

그렇게 외치면서 모두를 대피시키려고 한 순간, 내 뒤에 있던 벽이 폭발했다.

"으헉! 뭐야 이게!"

안쪽의 위험한 마력을 느끼고 마력 장벽을 펼쳐놓길 잘했다. 나도 모르게 소리를 질렀지만 이쪽에 피해는 없었다.

무슨 일인가 싶어 파괴된 벽 안쪽을 들여다보자 사람 한 명을 기사, 병사, 마법사, 경비대원들이 다수로 포위하고 있는 광경이 눈에 들어왔다.

"어어?! 이게 대체 무슨 난리야?!"

굉장히 흉흉한 분위기였다. 고작 한 명을 포위한 것치고는 전력이 지나치게 많았다. 거대한 마력도 그렇고 저건 대체 누구지? 그렇게 생각하며 포위당한 녀석에게 시선을 돌리자—.

"두 눈에 안대……."

저건 분명 오그에게 들었던 중등학원의 교사와 특징이 일치했다.

"오그, 저건……."

"그래, 틀림없어. 요전에 말했던 중등학원의 수상쩍은 교사, 올리버 슈투름이다."

"어라? 이런 우연이, 아우구스트 전하와 신 월포드 군이 아닙니까."

나를 알고 있어? 이름이라면 모를까 얼굴은 집 근처나 학교 밖에 알려지지 않았을 텐데. 애당초 저렇게 안대를 했는데도 앞이 보이는 거야?

"달아나십시오, 아우구스트 전하! 놈이 바로 마인 소동의 진범입니다!"

마인 소동의 진범? 그렇다는 건…….

"네가 카트를 조종했던 녀석이냐?"

"그렇습니다. 아주 참 우스울 정도로 열심히 춤을 춰주더군요."

"그래……?"

이 녀석이…… 이 녀석이 카트를 조종해서 그렇게 만든 원흉인가!

"음? 당신도 저를 용서하지 못하겠습니까?"

"그래, 용서 못 해. 너 때문이 카트가…… 그 녀석의 가족이 어떤 꼴을 당했는지 알아?!"

이 녀석은…… 이 녀석만은 도저히 용서 못 해!

나는 슈투름에게 접근하면서 마력을 끌어올렸다.

"이곳에서의 실험은 이미 끝났으니 실례하고 싶은 참입니다만."

"널 내버려 두면 또 소동이 벌어지겠지. 그러니 얌전히 잡히시지 그래!"

그리고 바이브레이션 소드를 꺼내며 불꽃 화살을 날렸다.

"이런, 이건 곤란하겠군요."

슈투름은 그렇게 말하고 마력 장벽을 전개했다.

쾅!

불꽃 화살이 명중했지만 장벽을 뚫지는 못했다.

"이건 위험했군요……. 장벽이 조금만 더 얇았으면 뚫릴 뻔했습니다."

그렇게 말하며 나에게 시선을 돌렸다.

"아……!"

하지만 내가 계속 같은 곳에 있을 리가 없잖아!

저 마력의 크기로 미루어보아 불꽃 화살이 막힐 거라고 예측한 나는 마법을 날리는 동시에 슈투름의 뒤로 이동했다.

그리고 바이브레이션 소드를 수평으로 휘둘렀다.

"큭!"

슈투름은 마력을 감지한 건지, 아니면 감이었는지 모르겠지만 순간적으로 그 자리를 벗어나 내 공격을 피했다.

"위험하네요. 그 검은 마도구로군요?"

"글쎄."

나는 슈투름의 질문에 답해주지 않고 그대로 돌진했다.

"역시 넌 위험하군요."

슈투름이 무영창 마법을 날리자 나는 즉시 옆으로 뛰어서 피했다. 뒤에서 폭발이 일어났지만 무시하고 다시 바이브레이션 소드를 휘둘렀다.

"이런! 그 검은 골치 아프군요."

하지만 이번에는 뒤로 도약해서 피했다.

"넌 마법사잖아? 마법보다 물리 공격이 더 방어하기 어렵겠지?"

나는 바닥을 발로 강하게 내디뎠다. 그러자 바닥에서 슈투름을 노리고 돌기둥이 튀어나왔다.

"어허, 이거 참 굉장하군요."

슈투름은 공중으로 날아올랐다.

"거기서는 못 피하겠지!"

나는 아직 공중에 떠 있는 슈투름을 향해 폭이 넓은 불꽃 마법을 날렸다. 이거라면 몸을 비틀어도 피할 수 없을 것이다.

"앗!"

예상대로 슈투름은 경악했다. 황급히 마력 장벽을 발동했지만 어설프다. 이거라면 대미지를 입힐 수 있을 것 같았다.

불꽃이 슈투름을 집어삼켰고 이제 곧 추락하리라고 예상했지만…… 결과는 내 생각과 달랐다.

"하늘을 날다니, 저거 반칙 아니야?"

슈투름은 공중에 떠 있었다. 부유 마법? 저건 나도 못 쓰는 마법이다. 하지만 실제로 슈투름은 공중에 떠 있었다. 정말 터무니없는 녀석이다.

"후우, 방금 그건 저도 당황했습니다. 로브가 그을렸군요."

"몸에 대미지는 없나."

"하하, 전혀 아무렇지 않은 건 아닙니다. 과연 영웅의 손자, 마인을 토벌할 만한 실력을 갖추고 있군요."

"그거 참 고맙……군!"

나는 미리 준비하고 있던 제트 부츠를 기동해서 슈투름을 향해 날아올랐다.

"아니?!"

"흐아압!"

다시 한 번 바이브레이션 소드를 휘둘렀다. 이번에는 검끝이 슈투름의 얼굴을 스쳤다. 제길, 고작 스친 것뿐인가!

"크악!"

공격은 닿지 않았을 텐데 슈투름은 과장스럽게 몸을 뒤로 젖혔다.

"좋아! 한 방 더!"

그 틈을 노리고 이번에는 바람의 칼날을 생성했다.

수많은 바람 칼날이 슈투름을 덮쳤다. 몸 여기저기에 칼자국이 났고 로브와 안대도 찢어졌다.

"까불지…… 마라!"

"으앗!"

그러자 슈투름이 갑자기 마력을 해방했고 공중에 있던 나는 압력에 밀려 균형을 잃었다. 하지만 순간적으로 제트 부츠를 써서 자세를 고치고 바닥에 착지했다.

공중에 떠 있는 슈투름은 마력을 해방한 상태로 이쪽을 『보고』 있었다.

바이브레이션 소드의 일격과 바람 칼날에 손상을 입은 안대가 마력 해방의 여파로 얼굴에서 벗겨졌다.

눈에 상처 같은 건 없었다. 거기에 있는 건—.

"붉은…… 눈……?"

붉은 눈을 부릅뜨고 이쪽을 노려보는 슈투름이었다.

해방된 마력도 마물의 특징인 불길함을 머금고 있었다.

"제가 한 방 먹었군요, 월포드 군. 될 수 있으면 정체를 숨긴 채 떠나고 싶었습니다만."

"말도 안 돼……. 완전히 이성을 유지한 마인?"

그런…… 그런 일이 있을 수 있는 건가? 과거에는 이성을 잃은 마인조차 한 나라를 멸망시킬 뻔했다고 한다. 그런 존재가 이성을 유지하고 있다면 대체 어떤 일이 벌어질지…….

"이성을 유지하고 있는 걸 보아하니 제멋대로 날뛰지는 않을 것 같군."

"후후, 무질서하게 힘을 쓰면 바로 토벌당하고 말겠지요? 그런 어리석은 짓은 하지 않습니다. 하지만 마인이라는 걸 들켜도 토벌대를 보내겠지요. 그래서 정체를 숨기고 싶었던 겁니다."

"그럼 딱히 인간에게 해를 끼칠 생각은 없다는 건가?"
"후후후, 아하하하하하하하!"
슈투름은 내 말을 듣자마자 소리 높여 웃기 시작했다.
"넌 뭘 기대하는 겁니까! 인간 따윈 진심으로 아무래도 상관없는 존재이거늘!"
"뭐라고……?!"
"이 육체를 손에 넣은 후부터 인간 따윈 아무래도 좋은 존재가 된 겁니다! 이용하든! 속이든! 죽이든! 아무런 감흥도 느껴지지 않더군요!"
이 녀석은 미쳤다. 진정한 마인이다. 인류의 적이 될 존재다. 해치우자. 이 녀석은 반드시 여기서 해치워야만 한다!
"우오오오!"
나는 고함을 내지르며 날아올랐다.
"또 그겁니까?"
슈투름이 마법으로 요격하려 했지만, 나는 제트 부츠를 급정지한 후 그대로 뒤로 날아서 거리를 벌렸다.
"뭐, 뭐죠?"
헛물을 켠 슈투름이 의아한 표정을 했으나 이미 내 마법은 완성되었다.
"이거나 먹어라아아아아아!"
"이건?!"
나는 하늘 위에서 태양광을 모아 만든 열선을 슈투름을

향해 발사했다. 나를 향해 마법을 날리려 했던 슈투름은 정통으로 그 빛에 노출되고 말았다.

"크아아아아아아아아악!"

슈투름이 비명을 질렀다. 그리고—.

콰아아아아아아아아아아앙!

성대한 폭발이 일어나며 주변 일대를 흙먼지가 뒤덮었다.

그리고 곧이어 흙먼지가 개이자 슈투름은 그 자리에 없었다.

"해, 해치운 건가?"

불길한 플래그를 세우지 마!

나는 그 말을 한 경비대원에게 소리를 지르고 싶었지만 먼저 주변 상황부터 파악했다.

아무리 주위를 둘러봐도 슈투름의 모습은 없었다.

마력 탐지도 해봤는데 불길한 마력은 느껴지지 않았다.

……정말로 해치운 건가?

"으……우와아아아아아! 굉장해! 마인을! 그것도 이성을 유지한 마인을 토벌하다니!"

경비대의 누군가가 그렇게 외쳤다.

그러자—.

"""우오오오오오오오!"""

주위에 있던 경비병과 군인들도 환호성을 질러대기 시작했다.

"굉장해! 정말로 굉장하다고! 월포드 군!"

"과연 현자님의 손자다워!"

"고맙다! 정말로 고마워!"

나는 경비병과 군인들에게 둘러싸여서 찬사를 받았다.

"신 군!"

그 인파를 헤치며 시실리가 달려왔다.

"신 군! 다친 데는 없나요?!"

"괜찮아! 난 괜찮다고!"

저번처럼 시실리가 내 몸을 이리저리 만져대자, 어째선지 모르겠지만 주위에 있던 사람들이 뜨뜻미지근한 시선으로 우리를 바라보면서 뒤로 물러났다.

그리고 왠지 높은 사람 같은 기사 아저씨와 로브를 대충 입은 불량한 느낌의 마법사 아저씨가 내 쪽으로 다가와…… 무릎을 꿇었다.

엥?! 어째서?! 높은 사람 같은데 왜 내 앞에서 무릎을?!

""격조하셨습니까, 아우구스트 전하.""

퍼뜩 놀라 뒤를 돌아보자 오그가 서 있었다.

아, 그쪽인가.

"뭐야. 또 안 도망친 거야?"

"그래. 아는 얼굴이기도 했지만, 설마 정체가 마인일 줄은 꿈에도 몰랐으니까. 마인이라는 걸 알게 된 순간에는…… 도망치자는 생각보다 놀라움이 더 앞서더군."

"그래도 위험했습니다. 애당초 왜 전하께서 이런 곳에 계셨던 겁니까."

"그야 친구들과 귀가하던 도중이었으니까."

"자신의 입장을 생각해주십시오."

"호위가 둘이나 딸린 데다가 신까지 있는데 무슨 걱정이야?"

"그런 문제가……."

"딱딱한 소리는 집어치워, 도미니크. 전하께서 말씀하신 대로야. 호위 둘에 현자님의 손자까지 함께 있었잖아? 그리고 봤지? 방금 그거. 마인을 혼자서 토벌했을 정도라고."

조금 전에 오그에게 무릎을 꿇었던 약간 불량한 느낌의 마법사 아저씨가 기사 아저씨에게 그렇게 말했다.

높은 사람 같은데…… 대체 누구지?

"토벌……인가요……."

"뭐야? 뒤숭숭한 표정이군. 마인이라고는 해도 인간을 죽인 게 마음에 걸리나?"

"아뇨……. 그런 건 아니지만……."

"그렇다면 가슴을 펴. 우리는 네 덕분에 마인을 상대로 살아남을 수 있었으니까. 고맙다, 월포드 군."

마법사 아저씨가 그렇게 인사하자 기사 아저씨도 고개를 숙였다.

"나도 아직 감사 인사를 안 했군. 고맙네, 월포드 군."

"아뇨, 저 녀석 때문에 불행해진 사람들이 있어서…… 개인적으로 복수해준 것뿐인걸요."

"그래도, 우리가 도움을 받은 건 틀림없으니까."

"그 말대로일세. 고맙네."

"그건 그렇고 소문대로 정말 강하군. 과연 멀린 님의 손자다워."

"그리고 검술 실력도 출중해. 미셸 님에게 들은 대로더군."

"미셸 아저씨를 아세요?"

"아, 자기소개가 늦었군. 나는 도미니크 가스톨. 미셸 님의 후임으로 기사단 총장을 맡게 된 사람일세. 자네에 대해선 미셸 님께 이야기를 많이 들었지. 굉장한 마법사인 동시에 무술에도 재능이 있어서 가르치는 게 즐거운 소년이라 장래가 무척 기대된다고."

"그랬나요."

미셸 아저씨의 후임이었나. 그건 그렇고 미셸 아저씨는 왜 쓸데없는 소문을 내고 다니는 건지…….

"나는 루퍼 올그란. 마법사단의 단장이다."

약간 불량한 느낌의 아저씨는 마법사단의 단장이었다. 지크 형도 그렇고 마법사단에는 이런 사람들밖에 없는 건가?

"나도 지크프리트에게 들었다. 상식을 벗어난 마법을 쓰는 소년이 있다고. 마지막에 쓴 그건 대체 뭐야? 하늘 위에서 엄청난 열량의 빛이 쏟아졌잖아? 다들 한 번 보라고."

그 말을 들은 모두가 신이 마지막에 마법을 날린 장소로 시선을 모았다.

"어마어마한 열량 때문에 일부는 유리로 변했을 정도야. 대체 얼마나 온도가 높았길래."

다들 입을 다물었다.

"뭘 어떻게 한 거지? 월포드 군."

"뭘 어떻게라뇨. 태양광을 모아서 만든 열선을 쏜 것뿐인데요."

"태양광? 그게 어떻게 저런 위력을 낸 거지?"

아, 그것도 알려줘야 하는 거구나.

"태양의 빛은 한 종류가 아니에요. 여러 종류의 빛 중에 열을 띤 빛만 모으도록 이미지한 거죠."

"……미안한데, 무슨 말을 하는 건지 전혀 모르겠다만."

"걱정하지 마라, 올그란. 여기에 있는 모두가 이해 못 했으니까. 듣자 하니 현자님이 이해하지 못한 마법도 있다더군. 이 녀석의 머릿속이 이상한 것뿐이야."

"그건 좀 너무하지 않아?!"

나는 그런 대화를 나누면서 약간 위화감을 느꼈다.

내가 쓴 마법은 초고열 열선, 이른바 빔 공격인 셈이다.

그 위력은 바닥 일부를 유리로 바꿀 정도…….

이걸 맞은 슈투름이 무사할 거라는 생각은 도저히 들지 않았다.

다만…… 열광선이라는 게 폭발하는 거였던가?

"그건 그렇고 이것으로 두 번째 마인 토벌인가. 훈장은 훈일등으로도 문제없는 건가?"

"전례가 없는 일이라…… 애당초 훈일등보다 높은 훈장이 없으니 더 줄 만한 것도 없겠지."

"하나만으로도 터무니없는 위협인데 그걸 둘이나…… 이게 재능의 차이인가."

"아뇨, 그런 건 아닌데요."

"뭐, 덕분에 이번 수여식이 한층 더 떠들썩해지겠군."

"예에……?"

약간 마음에 걸렸지만 코앞까지 다가온 훈장 수여식 화제에 정신을 팔려서 그 위화감의 정체가 뭔지 자세히 생각하지 못했다.

한 남자가 경비대 대기소에서 떨어진 뒷골목에 상처투성이로 쓰러져 있었다.

"큭…… 하아하아……. 크크크, 한 방 먹었군요. 신 월포드 군……"

신의 초고열 열선에 당한 슈트름이었다.

그는 신의 마법에 맞는 순간, 이대로는 몸이 소멸할 것이라 느끼고 폭발 마법을 발동했다.

그리고 자신의 몸을 폭발로 날려 버려서 모두의 이목을 속인 뒤 도주하는 데 성공했다.

마치 신의 마법 때문에 폭발이 일어나서 몸이 산산 조각난 것처럼 위장하고—.

도주에 성공한 슈투름은 마력 차단 결계를 전개하여 마력 탐지를 피한 뒤, 몸을 회복하면서 소란이 가라앉기를 기다리는 중이었다.

"설마 이 정도로 큰 상처를 입을 줄이야…… 그는 위험한 존재로군요. 제 일을 방해하지 못하도록 더 완벽을 기해야겠습니다."

겨우 몸이 회복된 슈투름은 마력 차단 결계를 해제하고 인식 장애 결계를 펼친 채 하늘로 날아올랐다.

"후후, 그래도 덕분에 좋은 데이터가 들어왔군요. 그럼 제 계획을 손가락 물고 지켜보시길. 흐하하, 아하하하하!"

그렇게 슈투름은 왕도에서 자취를 감추었다.

〈계속〉

둔감한 사람에게는 자극을 줘라

“다녀왔어. 할아버지, 할머니.”

“오오, 어서 오려무나. 신.”

“어서 오렴. 벌써 시간이 이렇게 됐나?”

신이 마법학원 수업을 마치고 돌아왔다.

“실례하겠습니다. 현자님, 도사님.”

“시, 실례하겠습니다.”

호위 중인 시실리와 그녀의 소꿉친구인 마리아를 데리고…….

신은 호위를 맡게 된 후부터 먼저 자기 집에 들렀다가 그녀들을 집까지 데려다주게 되었다.

두 사람은 아직 긴장한 분위기였지만, 멀린과 멜리다는 마침내 손자에게 생긴 동년배 친구인 귀여운 여자애들을 손님으로서 환영했다.

그렇다고 해서 신의 집에 도착하자마자 자택으로 돌아가는 건 아니었다.

알스하이드 국민, 아니. 전 세계의 사람이 동경하는 존재인 멀린과 멜리다가 있는 것이다. 긴장되기는 해도 그런 아까운 짓을 할 생각은 전혀 없었다.

"후훗."

"왜 그래? 시실리."

"아뇨, 아버지 생각이 나서요. 아버지도 참, 제가 매일 멀린 님과 멜리다 님을 만나는 게 부러워서 어쩔 줄 모르시더라구요."

"그래? 나한테는 평범한 할아버지와 할머니인데……."

"그건 신 군이 두 분의 가족이라서 그런 거예요."

"하긴 그런가."

즐겁게 잡담하는 신과 시실리를 지켜보던 멜리다는 화장실에서 나온 마리아를 불러 세웠다.

"잠깐, 마리아. 이리 와 보렴."

"예? 무슨 일이세요? 도사님."

"그 도사님이라는 건 그만두렴. 멜리다로 충분해. 그런 것보다 네게 묻고 싶은 게 있다만."

"예? 아, 화장실이라면 굉장했어요! 이젠 다른 집 화장실로는 부족한 느낌이 들 정도로요……."

"그 의견에는 완전히 동의한다만, 내가 물어보고 싶은 건 그런 게 아니란다."

"예? 그럼……."

멜리다는 고개를 갸웃거리는 마리아에게 다가가 귓속말을 건넸다.

"저 두 사람…… 특히 시실리는 어떤 분위기였니?"

“두 사람의 분위기요? 아, 그런 질문이셨나요. 남들이 쳐다보는 것도 신경 쓰지 않고 아주 깨가 쏟아지던데요.”

“그래? 그럼 이미 사귀는 거구나?”

“그게…… 아직 그런 사이는 아니에요.”

“……그게 무슨 뜻이니?”

누가 봐도 깨가 쏟아질 정도로 사이가 좋은데 사귀는 사이는 아니다? 멜리다는 영문을 알 수가 없어서 마리아에게 재차 물어보았다.

“대체 왜?”

“시실리는 옛날부터 예쁘고 성격도 좋아서 남자에게 인기가 많았어요. 고백도 잔뜩 받았지만…… 전부 거절하더라구요. 그런 감정을 모르겠다면서요.”

“그렇다는 건…….”

“이게 첫사랑인 거겠죠.”

“꽤 늦은 첫사랑이구나…….”

“저도 그렇게 생각해요. 하지만 여태껏 모른 채 자라온 탓에, 더 자신의 감정을 자각하지 못하는 게 아닐까요.”

“그런 거였니.”

“신이 고백이라도 한다면 또 모르겠지만요.”

“정말이지, 그 앤 매번 터무니없는 짓만 저지르는 주제에 중요할 땐 쓸모가 없다니까!”

『엣취!』

『괜찮아요? 신 군.』

멜리다는 신이 재채기하는 소리를 들으면서 문득 이런 생각을 했다.

"못난 녀석은 내버려 두고, 먼저 시실리가 자신의 감정을 깨닫게 하는 것이 중요하겠구나."

"그건 그래요."

"마리아, 잠깐 귀 좀 빌려주렴."

멜리다는 마리아와 함께 뭔가 작전을 세우기 시작했다.

"시실리, 슬슬 가자."

"아, 마리아. 멜리다 님과 무슨 이야기를 한 거야?"

"아…… 신의 마법은 참고가 안 되니까 멜리다 님께 비결을 배웠어."

"뭐? 그런 거라면……."

"그것보다, 슬슬 돌아가자."

"으, 응. 그러자. 그럼 신 군, 부탁해도 될까요?"

"그래. 그럼 가볼까."

신은 그렇게 말하고 시실리의 집과 게이트를 연결해서 그 안으로 들어갔다.

"나…… 왠지 자신감이 사라졌어……."

마법의 비결에 대해 아무런 질문도 받지 못한 멀린을 내버려 두고…….

"그럼, 시실리. 마리아. 내일 또 보자."

"예, 그럼 내일 봬요."

"아, 신. 잠깐만."

시실리와 마리아를 데려다주고 돌아가려는 신을 마리아가 불러 세웠다.

"응? 왜?"

"저기 말야, 내일 방과 후에 잠깐 시간 좀 내줄 수 있어?"

"……뭐?"

"시간 좀 내달라고? 왜?"

"뭐 좀 사고 싶은 게 있어서. 시실리랑 같이 가는 건 아직 위험하겠고."

"아, 아니야! 마리아! 나도 같이 갈게!"

"멜리다 님도 아직 조심하는 편이 좋을 거라고 하셨으니 넌 신네 집에서 기다려."

"그, 그럴 수가……."

신이 마리아와 단둘이서 쇼핑을…….

말로 하면 고작 그뿐이지만 시실리는 몹시 침울한 표정을 지었다.

"그럼 신. 내일 잘 부탁해."

"아, 응. ……알았어."

신은 갑자기 침울해진 시실리가 신경 쓰였지만, 이유를 전혀 모르겠고 마리아도 별로 신경 쓰지 않는 눈치라 그대로 집에 돌아갔다.

"시실리, 나도 이만 갈게."

"……응."

마리아는 풀이 죽은 시실리를 보고 양심의 가책을 느꼈지만 애써 모른 척하고 떠났다.

다음 날. 시실리는 겉으로는 아무런 내색도 하지 않았으나 종종 우울한 표정을 짓는 바람에 다들 대체 무슨 일인가 싶어 의아해했다.

방과 후에 신의 집에 갈 때도 어쩐지 미묘한 분위기였다.

"괜찮아? 시실리."

"예……. 전 괜찮아요. 조심해서 다녀오세요."

"응. ……할머니."

"왜?"

"시실리를 잘 부탁해."

"그래, 나만 믿으렴."

기운이 없는 시실리가 걱정된 신은 멜리다에게 그녀를 봐 달라고 부탁한 후, 마리아와 함께 외출했다.

"왜 그러니. 그런 어두운 얼굴을 하고."

"아…… 죄, 죄송합니다……."

"후우…… 그렇게 신이 마리아와 함께 외출하는 게 싫으면 확실히 말해버리지 그랬니."

"아! 저, 전 그런 게……."

"모를 줄 알았어? 신이 다른 여자애와 함께 있는 게 싫어서 어쩔 줄 모르는 얼굴이면서."

"그, 그건……."

그렇게 말한 시실리의 눈가에 눈물이 맺히기 시작했다.

"왜 우는 거니?"

"그, 그치만…… 마리아는 태어났을 때부터 함께 자라온 친구인데도…… 신 군과 단둘이 쇼핑하지 말라고…… 차라리 제가 함께 가고 싶다는 생각을 했는걸요……."

"아아, 그거야 어쩔 수 없지. 그게 독점욕이라는 거니까."

"독점욕……."

"특히 이성에게는 더욱 그런 기분이 드는 거란다. 좋아하는 이성에게는."

"좋아하는……."

"시실리, 어디 한 번 상상해보렴. 만약 마리아가 이대로 신과 친해져서 사귀게 된다면…… 아니, 얘! 괜찮아?"

멜리다는 시실리가 갑자기 폭포수처럼 눈물을 쏟는 바람에 깜짝 놀랐다.

"신 군이 마리아랑…… 다른 여자애랑 친해지는 걸 상상했더니……."

"……그 정도로 신을 다른 여자에게 빼앗기고 싶지 않은 거구나."

"……예. 빼앗기고 싶지 않아요……."

"그걸 알았으면 이제 충분해. 어떠니. 자신의 감정을 정리할 수 있겠어?"

"예. 전…… 신 군을…… 조, 좋아……해요."

멜리다는 그렇게 말하자마자 얼굴이 새빨개진 시실리를 보고 미소 지었다.

"그래. 그럼 다른 여자에게 넘어가지 않도록 해야겠구나."

"하지만 과연 신 군이 절 좋아해 줄지……."

"음……."

멜리다는 신이 시실리에게 마음이 있다는 걸 알고 있어서 둘을 어떻게 연결해줄까 고민했다.

"그 애는 숲속에서 자라서 여자에게 면역이 없으니 적극적으로 스킨십을 하는 편이 좋을 것 같구나."

"스킨십인가요……"

"나를 한 번 신이라고 생각해보렴. 이렇게 팔을 잡고…… 그게 아니라, 가슴을 더 바짝 대봐."

"가, 가슴!"

"그 정도는 하지 않으면 그 둔감한 녀석은 눈치채지도 못할 거다."

"예!"

"그리고…… 신을 걱정할 때 몸을 조사하는 척하면서 여

옥

기저기 만져보는 것도 괜찮겠네."

"마, 만져!"

"다친 데는 없어? 괜찮아? 그렇게 말하면서 이런 식으로……."

"아앙!"

"이상한 소리 내지 말고! 그리고 살짝 올려다보면서 이렇게 말하는 거란다."

"무, 무슨 말이요?"

"걱정시키지 마세요……. 자, 따라 해보렴!"

"아, 예!"

갑자기 시작된 멜리다의 특훈을 멀린은 멀리서 바라보았다.

"여자란 건 무섭구만……."

"다녀왔어."

"다녀왔습니다."

멜리다와 시실리가 이야기를 마치고 약간 시간이 지나자 신과 마리아가 돌아왔다.

"그럼 이제 늦었으니 둘 다 집으로 데려다줄게. 시실리, 괜찮아?"

"예, 이제 괜찮아요. 걱정 끼쳐서 미안해요."

신은 외출하기 전에 기운이 없어 보였던 시실리를 배려해서 말을 걸었지만, 그녀는 뜻밖에도 기운을 차린 얼굴로 약간 뺨을 붉히며 대답했다.

"그래? 그럼 다행이지만."

역시 할머니에게 맡겨두길 잘했다고 생각한 신은 두 사람을 집까지 데려다주었다.

"그럼 내일 또 보자."

"예. 안녕히 가세요."

"오늘은 고마웠어. 그럼 잘 가."

그리고 신이 돌아간 후 시실리는 마리아에게 말을 걸었다.

"저기, 마리아."

"왜?"

"마리아는 저기…… 신 군을…… 조, 좋아해?"

"……왜 그런 걸 묻는 거야?"

그러자 시실리는 뭔가 결심한 듯 큰 소리로 외쳤다.

"내, 내가 더 많이 좋아해! 아무리 상대가 마리아라도 신 군은 못 넘겨줘!"

한계까지 새빨개진 얼굴로 콧김을 거칠게 불면서 선언했다.

마리아는 그런 시실리를 보더니 한숨을 내쉬면서 중얼거렸다.

"하아…… 이제야 자각한 거니. 이 둔탱이."

"어?"

"오늘 일은 신경 쓰지 마. 전부 멜리다 님의 작전이었으니까."

"어? 어?"

"네가 자신의 연심을 깨닫지 못한 걸 보다 못한 멜리다 님께서, 살짝 질투심을 부채질해보자고 말씀하셨거든. 그러니까…… 미안."

"어? 아! 다, 다들 정말이지!"

"아하하! 미안, 미안!"

"거기 서! 마리아~!"

겨우 자신의 마음을 자각한 시실리는 화난 척을 했지만 얼굴에서는 미소가 흘러넘치고 있었다.

"……그런데 당신은 정말 끝까지 도움이 안 됐네."

"……난 여자의 마음 같은 건 모르는걸……."

"할아버지?"

"『모르는걸』? 주책이야 진짜."

거실 소파에 무릎을 껴안고 쪼그려 앉은 현자를 손자는 의아한 얼굴로 쳐다보았다.

■작가 후기

제가 이런 곳에 후기를 쓰고 있다니…….

아직도 그 사실이 믿어지지 않는 요시오카입니다.

그것도 패미통 문고 같은 유명 레이블의 연락을 받게 될 줄은 상상도 못 한 데다 일러스트는 키쿠치 세이지 씨께서 담당해주시다니…….

지금까지 여러모로 잘 풀리지 않는 인생을 살아온 탓에 일이 순조롭게 진행되는 것 자체가 믿을 수 없다고 해야 할지…… 덕분에 도중에 몇 번이나 이런 생각을 했습니다. 「어? 진짜로?」라고요. 후기를 쓰는 시점에서는 아직 출간 전이지만 이 글을 읽어주셨다는 건 제대로 책이 나왔다는 증거겠지요.

정말로 인생은 무슨 일이 일어날지 모르는 법입니다.

이런 저에게 출판 권유를 해주시고 책이 나올 때까지 많은 폐를 끼친 담당자 S님. 앞으로도 잘 부탁드립니다.

멋진 일러스트를 제공해주신 키쿠치 세이지 님. 상상했던 대로? 아니, 상상했던 것 이상의 캐릭터가 제 눈앞에 존재했습니다. 새 일러스트가 도착할 때마다 표정이 풀어지는 걸 멈출 수가 없더군요. 정말로 감사합니다.

『소설가가 되자』의 랭킹에서 평가를 해주신 여러분. 이렇게 책이 나오게 된 건 여러분의 응원 덕분입니다. 정말로 감사했습니다.

그리고 이 책을 사주신 여러분. 감사합니다. 앞으로도 아무쪼록 잘 부탁드립니다.

요시오카 츠요시

늘 신세지고 있습니다.
키쿠치 세이지라고 합니다.
상의를 벗은 모습을
고려하지 않은 탓에
셔츠를 디자인하느라
고생했습니다……(;´Д`)
제잘못이긴 하지만요.
키쿠치 세이지

■ 역자 후기

처음 뵙겠습니다, 역자 최승원입니다.

주인공 신과 그 주변 인물들의 떠들썩한 이야기, 재미있게 읽으셨을까요? 사실 작가님의 후기에서도 언급됐지만, 이 작품은 『소설가가 되자』라는 일본의 인터넷 사이트에서 연재되던 소설입니다. 저도 꽤 예전에 읽은 기억이 있습니다만, 이렇게 제 손을 거쳐서 우리나라에 소개되는 모습을 보니 왠지 감개무량하네요. 그래서 아직 출간되지 않은 부분의 내용도 어느 정도 알고 있습니다만…… 전에 다른 작품을 번역하면서 후기에 살짝 스포일링을 했다가 교정할 때 지적받은 일이 있다 보니 될 수 있으면 내용에 관한 언급은 최대한 피하려고 합니다. 흑흑.

그런 고로 잠시 근황 이야기를 해볼까 합니다. 저는 최근 들어서 십 몇 년 만에 프라모델을 구입했습니다. 어릴 때는 정말 질릴 정도로 조립했는데, 점점 다른 취미로 눈길을 돌린 탓에 관심은 있어도 선뜻 다시 손을 대지는 못했던 장르

였죠. 물론 ㅇ담 프라모델입니다. 그것도 늘 관심을 가지고 지켜보던 RG 등급으로요. 그렇게 해서 조립해본 결과는…… 정말 변태스럽더군요. 아니, 이 디테일은 정말…… 기술력의 발전에 감탄하기보단 경악이 앞섰습니다. 특히 얼굴을 조립할 때는 뭔가 조형사의 집착이 느껴질 정도더군요. 그리고 가끔 인터넷 사이트에서 본 모델러 여러분의 실력에 새삼스럽게 감탄했습니다. 지금 이렇게 후기를 쓰는 와중에도 간간이 전시해놓은 모델을 보고 있습니다만, 이걸 도대체 어떻게 그런 식으로 깔끔하게 도색하고 개조까지 하신 건지 도저히 감이 안 잡히더군요. 참고로 전 스티커조차 제대로 못 붙였습니다. 다음에는 전용 핀셋을 구입할 예정입니다. 사실 개인적인 마음의 안정과 스트레스 해소를 위한 시도였습니다만 의외로 효과가 있더군요. 앞으로도 종종 해봐야겠습니다.

그럼 다음 권에서도 만나 뵐 수 있기를 바라며 이만 영양가 없는 후기를 마칠까 합니다. 쌀쌀한 날씨가 이어지고 있으니 다들 몸 건강하시길 바랍니다.

현자의 손자 1
상식 파괴의 신입생

1판 1쇄 발행 2017년 1월 10일
1판 3쇄 발행 2017년 12월 22일

지은이_ Tsuyoshi Yoshioka
일러스트_ Seiji Kikuchi
옮긴이_ 최승원

발행인_ 신현호
편집국장_ 김은주
편집진행_ 최은진 · 김기준 · 김승신 · 원현선 · 김솔함 · 권세라
편집디자인_ 양우연
국제업무_ 정아라 · 고금비
관리 · 영업_ 김민원 · 이주형 · 조인희

펴낸곳_ (주)디앤씨미디어
등록_ 2002년 4월 25일 제20-260호
주소_ 서울시 구로구 디지털로 26길 111 JnK디지털타워 503호
전화_ 02-333-2513(대표)
팩시밀리_ 02-333-2514
이메일_ lnovelpiya@naver.com
L노벨 공식 카페_ http://cafe.naver.com/lnovel11

ISBN 979-11-278-3970-3 04830
ISBN 979-11-278-3969-7 (세트)

값 6,800원